Beate Teresa Hanika, geboren 1976 in Regensburg, ist Fotografin. Ab 1997 arbeitete sie mehrere Jahre als Model in verschiedenen europäischen Städten. Bereits seit ihrem zehnten Lebensjahr schreibt sie Geschichten und Gedichte. Sie lebt mit ihrer Familie in einem kleinen Ort in der Nähe von Regensburg. ›Rotkäppchen muss weinen‹ ist ihr erster Roman und wurde ausgezeichnet mit dem Oldenburger Kinder- und Jugendbuchpreis 2007.

Beate Teresa Hanika

Rotkäppchen muss weinen

Roman Fischer Schatzinsel

Fischer Schatzinsel
www.fischerschatzinsel.de

Satz: Pinkuin Satz und Datentechnik, Berlin
Druck und Bindung: CPI – Clausen & Bosse, Leck
Umschlaggestaltung: Moni Port
unter Verwendung eines
Fotos von Andreas Reeg / buchcover. com
Printed in Germany
ISBN 978-3-596-85336-6

Nach den Regeln der neuen Rechtschreibung

Für Flo

Ich heiße Malvina. Am ersten Mai werde ich vierzehn Jahre alt.
Jetzt ist April.
Das sind noch zwei Wochen. Wenn ich vierzehn bin, werde ich einen Freund haben. Ich werde seine Hand halten und in seinen Armen einschlafen. Ich werde auf Partys gehen und tanzen, auch wenn meine Eltern es nicht erlauben. Ich werde immer meine Meinung sagen und wütend werden statt traurig. Ich werde so laut schreien können, dass alle Angst vor mir bekommen und vor mir davonlaufen, wenn ich es will.
Auch meine Eltern, auch mein Opa, alle Leute.
Jetzt ist April, und ich bin dreizehn Jahre alt.

Freitag

Es passiert an einem Freitagnachmittag.
Der letzte Freitag vor den Osterferien.
Jeden Freitag muss ich zur Klavierstunde. Und danach zu meinem Opa, weil der in derselben Straße wohnt und Papa dort auf mich wartet. Manchmal wartet auch meine große Schwester Anne auf mich oder mein Bruder Paul, aber der ist sechs Jahre älter als ich und geht schon studieren, deswegen ist er nicht so oft da.
Mama wartet nie auf mich, weil sie Opa nicht leiden kann, erst recht nicht, seit Oma gestorben ist. Seitdem ist er noch unfreundlicher zu ihr, sagt sie, und deshalb kommt sie ihn nicht mehr besuchen.
An diesem letzten Freitag vor den Osterferien bin ich besonders froh, dass die Klavierstunde endlich vorbei ist. Es sind Ferien, es ist nachmittags um drei, die Sonne scheint, und ich zieh mir, während ich über die Straße laufe, den Pulli über den Kopf, nicht weil es so warm ist, sondern weil ich beschließe, dass jetzt Frühling ist. Noch froher wäre ich, wenn Lizzy hier wäre. Lizzy ist meine allerbeste Freundin, und sie holt mich jeden Freitag vom Klavierunterricht ab. Damit ich es nicht so langweilig

bei meinem Opa hab. Wir bequatschen dann die neusten Dinge oder machen Hausaufgaben – na ja, meistens quatschen wir und tun so, als würden wir Hausaufgaben machen. Heute ist Lizzy nicht da, weil sie gleich nach der Schule in den Skiurlaub gefahren ist. Sie durfte sogar eine Stunde früher gehen als alle anderen.
Früher hat meine Oma immer die Tür aufgemacht, und am letzten Tag vor den Osterferien hat sie gesagt:
Jetzt fängt die Eiszeit wieder an.
Weil es nämlich nur im Sommer Eis bei meiner Oma gegeben hat. Vanilleeis und Gummibärchen.
Seit sie tot ist, gibt es immer Eis, das ganze Jahr über – und komisch, das finde ich sogar ein bisschen traurig.
Aber heute bin ich nicht traurig, ich bin bester Laune und läute wie wild an Opas Türglocke, damit jeder gleich weiß, dass ich es bin und dass Ferien sind und dass ich schrecklich gut gelaunt bin.
Opa macht die Tür auf und sagt:
Da ist ja meine Malvina, meine Lieblingsenkeltochter.
Ich drück ihm einen Kuss auf die Wange und schlüpfe an ihm vorbei in die Wohnung, die immer nach Wein und altem Käse riecht, weil Opa ab drei Uhr nachmittags Wein trinkt, und manchmal isst er sogar Käse dazu. Widerlichen Käse, den er mir unter die Nase hält und sich halb totlacht, wenn ich angewidert das Gesicht verziehe.
Heute ist etwas anders, aber das merke ich erst, als ich ins Wohnzimmer gehe.
Papa ist nicht da.

Wo ist er?, frage ich.
Opa setzt sich in seinen Sessel und schlägt die Beine übereinander. Er hat sehr lange Beine; er ist über einen Meter neunzig groß – das hab ich von ihm geerbt, sagen alle. Ich bin dreizehn und schon fast einen Meter fünfundsiebzig. Darauf könnte ich verzichten, ich bin immer größer als alle Jungs, und das ist kein Spaß.
Er holt deine Schwester ab, sagt Opa, und ich setze mich etwas unbehaglich in den Sessel ihm gegenüber, weil ich nicht weiß, was ich mit ihm reden soll.
Ich war schon lange nicht mehr mit ihm alleine. Früher war Oma immer da, und Lizzy. Seit Oma tot ist, kümmert Papa sich mehr um Opa, damit er nicht vereinsamt. Sie unterhalten sich miteinander, meistens über den Krieg, wo mein Opa stationiert war und solche Sachen, und Lizzy und ich sitzen dabei und flüstern miteinander und schreiben alberne Dinge auf Zettelchen.
Ich überlege, was ich Opa über den Krieg fragen könnte; mir fällt beim besten Willen nichts ein, und so sage ich gar nichts und hoffe, dass Papa und Anne bald kommen.
Wie alt bist du denn jetzt, Malvina, fragt Opa da, obwohl er genau weiß, dass ich dreizehn bin.
Dreizehn, sag ich und denke weiter über den Krieg nach.
Als ich gerade fragen will, wo er denn stationiert war, nur um irgendetwas zu fragen, obwohl ich das alles natürlich schon weiß, sagt er:
Und hast du denn schon einen Freund? Deine Cousine

Maggi hat schon einen, und die ist nur ein halbes Jahr älter als du.
Mir schießt das Blut ins Gesicht, und ich schüttle nur den Kopf. Natürlich hab ich keinen Freund, und wenn, dann würde ich Opa nichts davon erzählen.
Du bist ja schon alt genug, beharrt er, mir kannst du's ruhig erzählen.
Dabei schaut er mir forschend in die Augen, so als wollte ich ihm etwas verheimlichen.
Ich fühle mich immer unbehaglicher, ich würde gerne verschwinden, aber mir fällt nicht ein, was ich sagen könnte, *ich hab meine Klaviermappe bei der Lehrerin vergessen …* aber die Klaviermappe liegt zu meinen Füßen.
Ich hab wirklich keinen Freund, Opa, sag ich deshalb.
Das kann ich ja gar nicht glauben, du bist doch so ein hübsches Mädchen, du bist meine hübscheste Enkelin … Dir rennen die Jungen bestimmt hinterher, stimmt's?
Ich schüttle wieder nur den Kopf und sehe an Opas Gesicht vorbei aus dem Fenster, zum Häuserblock gegenüber. Eine Frau schüttelt den Staublappen aus dem Fenster, einen Moment sieht sie genau zu mir herüber, aber das bilde ich mir bloß ein, denn hier drin im Halbdunkel könnte sie mich gar nicht sehen. Sie schlägt das Fenster energisch zu, den Knall kann ich natürlich nicht hören, aber ich höre, wie Opa das Weinglas auf dem Wohnzimmertisch abstellt. Er sagt von sich selbst, dass er ein Schöngeist ist, ich hab nicht wirklich eine Ahnung, was das bedeutet. Ich weiß nur, dass er große deutsche Dichter liest, so wie Goethe und Schiller, und Philosophen, er hat

auch eine Menge Schallplatten davon, in allen möglichen Sprachen. Das mit dem Wein hat auch damit zu tun, ein Schöngeist zu sein.

Die rote Flüssigkeit kreist noch träge im Glas, ich würde sonst was drum geben, wenn mir nur ein Themenwechsel einfallen würde, doch ich rutsche nervös auf der Kante des Sessels herum.

Willst du denn nicht wissen, wie es ist, mit den Jungs?, sagt Opa und kommt mit einem Mal ganz nah an mein Gesicht, er muss selbst bis an die Kante seines Sessels rutschen, aber nervös ist er nicht, er ist ganz ruhig und legt seine alten Hände auf meine Knie.

Sie sind wie Leder, selbst durch meine Jeans kann ich das Leder spüren, die trockenen Finger, die dicken, blauen Adern. Und ich rieche den Rotwein in seinem Atem, Rotwein und etwas Saueres, das ist, glaub ich, der Geruch des Alters, zumindest weiß ich keine andere Erklärung.

Ich schüttle wiederum nur den Kopf. Die Uhr hinter meinen Ohren tickt. Ich kann Kinder im Hof schreien hören. Sonst ist es ganz still.

Du weißt, dass du meine Lieblingsenkeltochter bist, sagt Opa zu meinem Mund, ich will nicht, dass dir die Jungens wehtun.

Ich versuche nicht zu atmen, meine Beine kribbeln, als müsste ich loslaufen, ich nicke, weil mir nichts Besseres einfällt, und starre auf seine Hände, die meine Knie festhalten.

Dann streicht er mir über den Kopf, fasst mein Haar im

Nacken zusammen; es ist hellbraun und ringelt sich an den Spitzen.
Wie schön du bist, sagt er. Du siehst der Oma so ähnlich.
Ich weiß nicht, warum ich mich nicht bewege.
Auch als er mich küsst, schnell und hart auf den Mund, halt ich ganz still.
Wie aus Stein spüre ich seine alten Lippen auf meine prallen, dabei stößt er das Glas um. Der Wein läuft über den Tisch und tropft auf den Boden. Im selben Moment klingelt es an der Tür.
Es sind Anne und Papa.

Anne ist siebzehn. Sie hat blonde, lange Haare und unheimlich viele Sommersprossen in ihrem blassen Gesicht. Sie geht in die zwölfte Klasse Gymnasium und hält sich für etwas Besseres. Bei der Fahrt nach Hause sitzt sie vorne im Auto. Sie sitzt immer vorne. Und sie hört immer Musik auf ihrem iPod. Dabei hält sie die Augen geschlossen, schwarz umrandete Augen, die ich gruselig finde, und nickt mit dem Kopf zum Takt der Musik. Normalerweise stupse ich sie von hinten an. Ich bohre meine spitzen Knie in den Sitz und bring sie damit in Rage, meine Rache, weil sie mich nie vorne sitzen lässt. Aber heute hab ich keine Lust dazu.
Ich sehe meinem Vater von hinten beim Autofahren zu, er hat eine kreisrunde Glatze, die in der Sonne wie poliert aussieht, und einen Schnauzbart; von dem sehe ich allerdings nur eine Spitze, weil ich ja hinten sitze. Meistens reden wir

die ganze Fahrt über nicht miteinander, es dauert sowieso nur zehn Minuten, man könnte genauso gut mit dem Rad fahren. Ich schau dann aus dem Fenster und stelle mir vor, ich hätte ein Pferd am Zügel, das ich trainieren muss. Es läuft neben dem Auto her, und der Grasstreifen neben der Straße ist die Rennbahn, ich sporne mein Pferd an, es heißt Mary-Lou und läuft wie der Wind – ein albernes Spiel für eine Dreizehnjährige, aber ich erzähle es auch keinem, und so ist das schon in Ordnung.

Heute hab ich nicht mal dazu Lust.

Ich rutsche in die Lücke zwischen den zwei Vordersitzen, obwohl Papa das nicht leiden kann.

Opa hat mich heute geküsst, sag ich, oder ich höre mich das sagen.

Ich will nicht, dass er mich nochmal küsst.

Papa sagt gar nichts.

Einen Moment lang glaube ich, er hat mich nicht gehört.

Dann spür ich, wie er mich im Rückspiegel ansieht. Ganz kurz, dann schaut er wieder auf die Straße.

Ich lasse mich in den Sitz zurückfallen und bohr meiner Schwester die Knie in den Rücken.

Mann, lass das, du kleines Biest, faucht sie, ohne sich die iPod-Stöpsel aus den Ohren zu ziehen, und zwickt mich ins Bein, so fest sie kann.

Ich würde am liebsten heulen.

Nach dem Abendessen nehme ich mein Rad und verschwinde.

Meine Mutter mag es nicht, wenn ich abends mit dem Rad alleine unterwegs bin, weil ja so viel passieren kann. Sie hat immer Angst um mich, das sagt sie jedenfalls, aber ich hab schon seit langem die Vermutung, dass ihr einfach langweilig ist, wenn ich nicht daheim bin. Sie sagt, es gehört sich nicht für ein Mädchen, alleine Rad zu fahren. Deswegen lüge ich sie an und sage, dass meine beste Freundin Lizzy mitkommt, obwohl ich genau weiß, dass Lizzy schon heute Nachmittag in die Skiferien gefahren ist.

Ich lüge ziemlich oft, weil meine Mutter so schwierig ist.

Ich lüge, um sie zu beruhigen, und manchmal verschweige ich auch Dinge, damit sie sich nicht aufregt, denn wenn sie sich aufregt, bekommt sie Migräne, und das bedeutet, dass man im abgedunkelten Haus herumschleichen muss, vorsichtig, damit man kein Geräusch macht.

Heute gehe ich also mit Lizzy Rad fahren.

Sie sieht mich trotzdem strafend und irgendwie verletzt an, weil ich nicht zu Hause bleibe.

Aber um halb acht bist du wieder hier!, schreit sie.

Ich tu so, als hätte ich nichts gehört, und radle einfach weiter.

Ich bin gerne allein.

Ich werde zur Villa fahren.

Ein altes, unbewohntes Haus, in dem wir früher gespielt haben. Jetzt sind wir zu alt dazu. Zum Spielen. Ich bin die Einzige, die noch zur Villa geht, und ich bin sogar oft dort. Sie steht abseits von der letzten Straße der Neubausiedlung, zwischen Apfel- und Birnbäumen, man muss durch eine Lücke im Zaun kriechen und dann durch hüfthohes Gras waten.

Ich fahr, so schnell ich kann, bis ich Seitenstechen kriege. Die Sonne steht schon tief und wirft meinen Schatten schräg vor mir her. Meine Beine sind viel zu lang für das Rad, ich bin dünn wie ein Fohlen, ich werde wohl niemals einen Busen bekommen.

Durch die Neubausiedlung geht es bergauf, ich stemme mich in die Pedale, das Rad ist schrecklich alt, mein Bruder ist damit schon gefahren. Die Gangschaltung ist kaputt, und als ich oben bin, brennt meine Lunge. Hier beginnt der Feldweg, und ich hab Zeit zum Verschnaufen. Die Villa duckt sich hinter den Bäumen wie ein altes, schlafendes Tier. Ich lass mich die letzten Windungen des Weges hinabrollen.

Ich krieche durch die Lücke im Zaun und stapfe durch das vom Winter verdorrte Gras.

Letztes Jahr haben Lizzy und ich die Villa gegen die Jungs von der Neubausiedlung verteidigt. Ich hab mich sogar mit einem von ihnen geprügelt. Er war der Größte von allen und mindestens zwei Jahre älter als wir.

Wie viel Angst ich vor ihm hatte! Wir hatten die Haustüre verbarrikadiert und uns mit den Schultern dagegengelehnt.

Die kriegen sie nie auf, hat Lizzy gesagt und sich das dunkle Haar aus den Augen gestrichen.

Niemals!

Er hat sie einfach eingetreten. Dann ging alles ganz

schnell. Er wollte uns zurückdrängen, damit die anderen Jungs hinter ihm hineinkonnten. Sie drängelten durch das Loch, und er, der Anführer, schubste mich, da wurde ich wütend – nein, ich war vorher schon wütend gewesen. Mit einem Mal holte ich aus und schlug ihm ins Gesicht, mit der Faust, so wie mein Bruder es mir immer gezeigt hatte.

Malvina, sagt er nämlich immer, die Mädels schlagen verkehrt zu, sie schlagen mit der weichen Seite der Faust, dann packt er meine Hand und formt sie zur Faust, siehst du so, sagt er und schlägt sich die untere Seite der Faust gegen die Brust, das tut gar nicht weh. Du musst mit den Knöcheln zuschlagen, mit den Fingerknöcheln, und das Handgelenk muss gerade und fest sein, damit du nicht abknickst …

Genauso hab ich dann zugeschlagen.

Und der Junge hielt sich die Hand vors Gesicht, die Nase, die blutete wie verrückt, es pulsierte und spritzte alles voll, den Boden, mein T-Shirt, meine nackten Arme. Die Jungs sahen zu, dass sie wieder durch das Loch nach draußen kamen.

Seitdem ist die Tür der Villa eingetreten und unser Streit beendet.

Sie kamen nicht wieder, den ganzen Sommer lang nicht.

Den Rest des Sommers haben wir uns gelangweilt.

Ich komme das erste Mal dieses Jahr hierher.

Es ist ein ungeschriebenes Gesetz, dass man die Villa im

Winter in Ruhe lässt. Im Winter komme ich nicht mal in die Nähe der Neubausiedlung.
Alles ist, wie wir es zurückgelassen haben. Die eingetretene Tür hängt in den Angeln. Auf den Holzdielen kann man mit etwas gutem Willen die Blutflecken entdecken. Die unteren Zimmer mag ich nicht besonders. Sie sind wohl irgendwann ausgebrannt. Die Wände sind geschwärzt, eine verbrannte Couch steht in einer Ecke, und alte Zeitschriften sind über die Fußböden verteilt. Frauenzeitschriften von 1990 und sogar Pornos, nichts Schlimmes, nur nackte Frauen, so zerrissen und zerfleddert, dass man sowieso nicht mehr viel erkennt.
Im ersten Stock sind die Zimmer noch in Ordnung. Da ist sogar ein alter Kaminofen, wo man Feuer machen kann, und eine Wohnzimmereinrichtung mit gerahmten Fotos, die wir uns voller Ehrfurcht immer wieder ansehen.
Auf einem Foto ist ein Mann in Uniform. Er sieht furchtbar streng aus. Den nennen wir den bösen Friederich.
Uuuuh, hier spukt der böse Friederich …, sagt Lizzy jedes Mal, wenn wir in diesem Zimmer sind, und das jagt uns kalte Schauer über den Rücken.
Den bösen Friederich möchte ich nicht treffen …
Mein Reich ist das Dachzimmer.
Ich klettere die Holzstiege hinauf, die Tauben entdecken mich viel zu spät und flattern erschrocken durch die Löcher zwischen den Dachbalken. Ihre Federn bedecken den Boden wie ein zarter Flaum.
Schhh … schhh …, mach ich, ihr müsst doch keine Angst vor mir haben, ihr kennt mich doch …

Trotzdem ziehen sie sich vor mir zurück, schlagen mit den Flügeln und trippeln nervös auf den Balken hin und her.
Das ganze Zimmer ist leer, bis auf eine riesige Matratze mit Kissen und Decken, die ich eigenhändig hier raufgeschleppt habe, sie liegt unter dem Stück Dach, durch das es nicht durchregnet, in den Balken darüber hängt ein bodenlanger rosa Vorhang, wie bei einem Himmelbett. Den hat Lizzy organisiert. Sie hat jede Menge Kitsch zu Hause, aber hier macht er sich richtig gut.
Jedes Mal, wenn ich wieder hierher komme, hab ich Angst, dass alles verschwunden ist oder zerstört.

Ich lasse mich umfallen, rückwärts, mit geschlossenen Augen in die Kissen, sie riechen nach Heu und Feldmäusen, nach Frühling und alten Federn.
Der Winter ist vorbei.
Auf dem Dachfirst sitzt ein Amselmann und singt vom Abend, dass der Tag gleich vorbei ist und dass die Welt dann gefährlich wird. Ich würde gerne schlafen, am besten für immer, hier in diesen Kissen bleiben und den Tauben und Amseln zuhören, hier, wo mich niemand findet.
Ich öffne die Augen, weil ein Schatten über mein Gesicht streift.
Es ist der Junge.

Wir starren uns in die Augen.
Ich hab plötzlich Angst und versuche, so böse wie möglich zu starren.

Was willst du hier, frag ich dann mit einer Stimme, die fest und mutig klingt.
Der Junge zuckt nur mit den Schultern. Er hockt vor mir. Ich kann sehen, dass seine Nase etwas schief ist, und befürchte, dass ich daran schuld bin und dass er jetzt gleich mit mir abrechnet, jetzt, wo wir beide hier alleine sind und niemand mich hören kann.
Er muss viel stärker sein als ich, er ist zwar nicht größer, aber er ist breiter geworden, seit ich ihn damals das letzte Mal gesehen habe. Er hat richtige Muskeln an den Armen, das erkenne ich durch das Sweatshirt.
Heimlich balle ich meine Hände zu Fäusten, nur für alle Fälle.
Da grinst er.
Ich weiß, wer du bist, sagt er.
Einen Moment setzt mein Herz aus, ich denke, er sagt gleich:
Du bist die, die meine Nase gebrochen hat.
Ich hab deinen Vater in Biologie. Er ist ein richtiges Arschloch.
Er sieht mich nicht an dabei, und darüber bin ich froh, weil ich zusammenzucke, als hätte er mir diesmal ins Gesicht geschlagen.
Ich weiß nicht, was ich sagen soll. Ich müsste meinen Vater verteidigen, aber mir fällt nichts ein. Zudem weiß ich, dass seine Schüler ihn nicht besonders mögen. Er ist sehr streng, nicht nur in der Schule, auch bei uns zu Hause.
Er ist der einzige Lehrer an der Gesamtschule, der seine

Schüler nachsitzen lässt, und ich glaube, nicht einmal die anderen Lehrer können ihn besonders gut leiden.
Der Junge steht auf und lehnt sich an die maroden Dachsparren.
Es ist die Seite, die zur Neubausiedlung hinzeigt, beiläufig kramt er eine zerknüllte Zigarettenschachtel aus der Hosentasche.
Willst du eine?, fragt er, wartet die Antwort aber nicht ab, sondern steckt sich selber eine an. Der Rauch zieht durch den Raum wie Nebel, es ärgert mich, weil er meine Tauben stört, die sind ganz nervös und gurren, während sie sich möglichst weit vor ihm zurückziehen.
Ich stehe auf.
Es ist kein besonders gutes Gefühl, unter ihm zu sitzen. Ich trau ihm nicht über den Weg, schließlich hab ich ihn damals vor allen anderen gedemütigt, und er hat meinen Vater in der Schule.
Ich weiß nicht, was schlimmer ist.
Stimmt es, dass dein Vater früher Boxer war?
Überrascht sehe ich ihn an, wir stehen nebeneinander, in seinem Gesicht spiegelt sich das Abendrot, da fällt mir auf, dass er ganz hübsch ist, die Augenfarbe kann ich nicht erkennen, aber er hat lange, dunkle Wimpern, fast wie ein Mädchen.
Schnell schau ich wieder weg, in dieselbe Richtung wie er, zur Neubausiedlung hin.
Ja, war er mal, sag ich, ist aber schon lange her.
Außerdem war er kein Profiboxer. Aber das sag ich nicht, ist ja auch egal.

Er trainiert immer noch, füge ich hinzu, im Keller hat er einen Boxsack. Jeden Tag macht er das.
Der Junge nickt, als hätte er sich das schon gedacht.
Er hat mal einem Klassenkameraden eine gescheuert. Benni hieß der, der war älter als wir, weil er zweimal durchgefallen ist, und hat gedacht, er ist besonders schlau. Mitten in der Stunde hat er einen Knallfrosch gegen die Tafel geschmissen … *Wusch* …! Dein Vater wusste genau, wer's war. Er ging hin, ganz ruhig und dann … *peng* … voll in die Fresse, ich hab gedacht, der Benni ist hinüber.
Ich schweige betreten. Die Geschichte kannte ich schon; plötzlich finde ich es ziemlich beschissen, wie mein Vater ist.
Zum Kotzen.
Wenn man in drei Sekunden zurückschlägt, dann ist das ein Reflex, das darf man. Ich würde das machen, sagt er und holt aus, als würde er jemandem einen Schwinger verpassen.
Die Tauben stieben erschrocken davon. Für heute haben sie genug, einmal kreisen sie über der Villa, flattern gegeneinander, dann fliegen sie hinüber in die Siedlung.
Plötzlich hab ich Angst, dass er mich fragt, ob mein Vater zu Hause genauso ist.
Ich würde gerne sagen, dass er der Liebste auf der Welt ist und nur zu anderen so blöde, aber das stimmt nicht. Das wird mir jetzt klar. Und dass ich ihn nicht anlügen will.
Aber er fragt nicht. Er schnippt den Zigarettenstummel

übers Dach, er rollt hinunter bis in die Regenrinne, dort raucht er noch ein paar Sekunden, dann verglüht er.
Wohnst du dort drüben?, frag ich, obwohl ich das eigentlich schon weiß.
Mmm, sagt der Junge, im Sonnenpark.
Sehr spöttisch sagt er das.
Das wird jetzt alles noch riesiger, die Bruchbude reißen sie auch bald ab, da kommt ein Supermarkt hin …
Er wirft mir einen kurzen Seitenblick zu.
Jetzt ist mir wirklich übel, als ob mir jemand den Hals zudrückt, und ich spüre die Tränen hinter meinen Augen, die den ganzen Tag schon auf eine Gelegenheit warten.
Eine ungünstigere könnten sie sich nicht aussuchen.
Ich muss los, sag ich und ringe um Fassung, dann dreh ich mich um und haste die Stiege nach unten.
He, schreit er mir nach, wie heißt du denn eigentlich?
Aber ich renne schon aus der Villa, ist auch höchste Zeit, weil mir die Tränen jetzt aus den Augen spritzen. Wütende Tränen, die kaum durch den Hals nach oben kommen.
Ich könnte losbrüllen wegen all dieser Ungerechtigkeiten. Der Junge steht da oben, bis ich in der Siedlung verschwinde.
Scheißsiedlung!

Samstag

Als Lizzy und ich die Villa entdeckt haben, hat es die Jungs aus der Siedlung noch gar nicht gegeben. Na ja, gegeben natürlich schon, nur gewohnt haben sie woanders. Da, wo jetzt die Siedlung ist, waren nur Wiesen und Felder und ein kleiner Teich, voll mit Entengrütze. Darin haben wir im Sommer gebadet, es gab einen Steg, man konnte Anlauf nehmen und ins Wasser springen. Wir haben uns an den Händen gehalten dabei und versucht, so weit wie möglich zu springen. Fliegen üben, nannten wir das.

Den Teich haben sie dann zugeschüttet, der nahm zu viel Platz weg, zwei Doppelhaushälften stehen jetzt auf dem Teich, und die Leute in den Doppelhaushälften wissen nicht mal, dass wir früher dort geschwommen sind, Lizzy und ich.

Nachdem der Teich weg war, sind wir zur Villa. Wir haben schwarze Totenköpfe auf weiße Bettlaken gemalt und in die Fenster gehängt, als Zeichen, dass die Villa uns gehört. Uns alleine, und Lizzy hat gesagt, das macht nichts, dass die Piratenflaggen eigentlich anders herum sind. Weiß auf schwarz. Es kommt bloß auf den Versuch an.

In der Not muss man improvisieren, hat sie gesagt.
Natürlich haben die Jungs uns ausgelacht, als sie die Flaggen gesehen haben. Mit ihren Rädern haben sie die Villa umkreist, wieder und wieder, und haben miteinander geflüstert, damit wir nicht hören, was sie als Nächstes vorhaben. Dann haben sie Steine durch die Fensterlöcher geworfen und *He, ihr Weicheier* zu uns raufgebrüllt, und Lizzy und ich haben im Wohnzimmer vom bösen Friederich gesessen und nicht zu atmen gewagt.
Mann, Lizzy, hab ich gesagt, die machen Hackfleisch aus uns, wenn sie uns erwischen.
Die Steine sind neben uns eingeschlagen, keine großen, aber doch so groß, dass es wehtat, wenn man zufällig davon getroffen wurde. Einer hat das Bild vom bösen Friederich zerschlagen, das, auf dem er die Uniform trägt, wo er so grimmig aussieht; das hat so laut geklirrt, da haben sie aufgehört mit Werfen, und Lizzy hat geflüstert: Noch ein Stein, und die können mal sehen, was passiert, wenn sie sich mit uns anlegen.
Sie war nämlich der Meinung, die Jungs seien schuld an der Sache mit dem Teich. Jemand musste ja schuld sein, und die Jungs waren die Ersten, die wir zu fassen bekamen. Einer wohnte sogar in so einer Doppelhaushälfte, ein kleiner, dicker Junge, der immer Kaugummi kaute und damit riesige, apfelgrüne Blasen machen konnte.
Dafür sollten sie büßen, dass sie jetzt dort wohnten.
Dann kam der nächste Stein, er traf Lizzy an der Schulter, und da sprangen wir auf und warfen zurück. Alles, was uns in die Hände kam, und als Lizzy einen alten Zinn-

krug aus dem Fenster schleuderte, hörten wir sie fluchen und auf die Räder springen. Wir spähten seitlich an unseren Flaggen vorbei, ob sie auch wirklich wegfuhren.
Der kleine, dicke Junge hat noch seinen Kaugummi auf meinen Fahrradsattel geklebt, als Rache sozusagen, einen riesigen grünen Klumpen, da kann man heute noch die Reste erkennen. Wir haben gesehen, wie er ihn aus dem Mund geholt hat, und ich hab mir noch gedacht, Gott sei Dank klebt er keinen Popel dahin.
Die werden sich hüten, hat Lizzy gesagt.

Am Samstag stürzt Opa.
Er wollte die Treppe hinunter, zum Altglascontainer, und da ist er gestürzt, sagt er. Weil die Nachbarin, die Frau Bitschek, wieder ihren Kinderwagen im Treppenhaus stehen gelassen hat. Die Frau Bitschek war Opa schon immer ein Dorn im Auge, die kommt nämlich aus Polen und hat fünf kleine Kinder, die immer Radau machen und im Treppenhaus herumspringen, und wenn Opa dann mit ihr reden und ihr sagen will, dass die Kinder Ruhe geben sollen, dann schüttelt sie nur den Kopf und sagt: Nix verstehen! Und Opa glaubt, die versteht ihn sehr genau, die will bloß nicht.
Das ist das Problem mit diesen Leuten, die wollen bloß nicht, sagt er.
Bei dem Sturz hat er sich die Hände aufgeschürft und am Knie verletzt, das Knie, wo er vom Krieg eine Schussver-

letzung hat, das tut ihm sowieso tagaus, tagein weh, und jetzt kann er es gar nicht mehr bewegen, sondern muss Eisbeutel darauf legen und still halten, sonst fährt ihm der Schmerz durch den ganzen Körper, vom großen Zeh bis in die Haarspitzen.

Was kann ich dafür, dass er hingefallen ist, sag ich.

Meine Mutter liegt in ihrem abgedunkelten Schlafzimmer, und das ist auch gut so, da kann ich ihre Leidensmiene nicht sehen. Neben dem Bett stehen die Medikamente und ein Glas Wasser, alles nur schemenhaft erkennbar. Sie hält meine Hand fest, weil sie weiß, wie unbehaglich mich ihr Zustand macht. Meistens geh ich zu Lizzy, wenn es wieder so weit ist. Ich nehme mein Rad und lege einen Zettel auf den Küchentisch, oft ist sie sauer, wenn sie den Zettel findet, weil ich mich nicht um sie kümmere. Um Lizzys Mutter muss sich niemand kümmern, die hat nie Migräne. Bei Lizzy darf man auch immer laut sein, die Musik so laut hören, wie man will, und wann immer man Lust dazu hat, darf man den ganzen Tag herumschreien. Manchmal, wenn wir zu laut Musik hören und im Zimmer herumspringen, klopft der Nachbar von unten gegen die Decke. Dann hören wir auf damit, und Lizzys Mutter kommt ins Zimmer und legt den Finger an die Lippen.

Pause, sagt sie dann, und Lizzy und ich sind so lange still, bis wir fast vor Lachen platzen.

So ist das bei Lizzy.

Malvina, sagt meine Mutter, bitte.

Sie riecht nach Tigerbalsam, den tupft sie sich auf die Schläfen, weil sie sich einbildet, die Kopfschmerzen

werden davon besser. Ich finde, davon wird einem erst recht übel. Der Geruch verfolgt mich durch meine ganze Kindheit, ich kann mich nicht erinnern, dass sie jemals anders gerochen hat.
Ich weiß ganz genau, was sie von mir will. Ich soll mich um Opa kümmern, mir will sie den schwarzen Peter zuschieben, weil sie genau weiß, dass Opa jedes Mal auf ihr herumhackt, wenn sie ihn besucht. Er sagt dann, dass sie schon immer so schwächlich ausgesehen hat und dass sie nie wieder in ihrem Beruf arbeiten wird, wenn sie so weitermacht wie bisher, und dann sagt er, wie alt ist die Malvina jetzt eigentlich, dreizehn? Da hast du ja ganz schön lange Erziehungsurlaub.
Opa kann richtig gemein sein.
Soll ihm doch die Frau Bitschek was zu essen bringen, das war schließlich ihr Kinderwagen, sag ich.
Meine Mutter seufzt leise. Sie weiß genauso gut wie ich, dass Opa wahrscheinlich gar nicht gestürzt ist. Er erfindet solche Dinge, wenn er einsam ist, und seit Oma nicht mehr lebt, ist er ziemlich oft einsam.
Ich geh nicht alleine, sag ich, ich bin sonst nie alleine da.
Sie seufzt wieder und drückt meine Hand.
Gestern warst du doch auch alleine, sagt sie, du musst ja nicht lange bleiben.
Du hast ja nur Kopfschmerzen, weil du selber nicht hinwillst, fahr ich sie an.
Durch ihren Körper geht unmerklich ein Ruck, und ich ziehe meine Hand weg.

Das Essen steht in der Küche, sagt sie.
Damit ist das Thema für sie erledigt.

Das ganze Haus ist dunkel, Anne telefoniert in ihrem Zimmer, ich kann sie dumpf durch ihre Zimmertür hören, während ich den Korb und meinen Fahrradschlüssel aus der Küche hole.
Du könntest auch mal was tun!, schrei ich vor ihrem Zimmer. Extra laut. Damit meine Mutter zusammenzuckt und ihre Kopfschmerzen noch schlimmer werden.
Verpiss dich!, schreit Anne zurück.

Ich hänge den Korb an meinen Lenker und radle los; das ist gar nicht so einfach, weil der Korb hin und her schlenkert und ich höllisch aufpassen muss, nicht das Gleichgewicht zu verlieren. Eigentlich darf ich gar nichts an den Lenker hängen, weil das viel zu gefährlich ist, aber das ist mir heute gleich. Ich muss durch die ganze Stadt, einen steilen Berg hinunter, der heißt Galgenberg, ich spüre den Fahrtwind im Gesicht und lasse das Rad einfach rollen, überlege, ob ich die Augen schließen soll, wie Lizzy das ab und zu macht. Sie macht das, um mich zu ärgern.
Ich bin blind!, schreit sie dann, sag mir, wann die Ampel kommt …
Ganz unten ist nämlich eine Ampel, da muss man ganz schön auf die Bremsen steigen, wenn man so richtig in Fahrt ist. Ich tu dann so, als hätte ich keine Angst um sie, aber natürlich hab ich Angst, da kann ich nichts dagegen tun, schließlich ist sie meine beste Freundin.

Mach das nie wieder, sag ich jedes Mal, wenn wir unten nebeneinander vor der Kreuzung stehen, und Lizzy zuckt bloß mit den Schultern und grinst mich an, alte Trantüte!
Ich mache ganz kurz die Augen zu, nicht ganz, durch die Schlitze kann ich verschwommen die Lichter der Ampel näher kommen sehen wie grüne Weihnachtskerzen, Häuser sausen links und rechts an mir vorbei, und jemand ruft etwas, jemand, der zwischen den Autos am Straßenrand steht und winkt, natürlich sehe ich nur einen verschwommenen, blauen Klecks, sonst nichts, aber ich höre, was er ruft.
He Rotkäppchen, ruft er, und ich mache die Augen wieder auf, und da ist er auch schon neben mir, der Junge aus der Siedlung.
Wir bremsen vor der Ampel, die dummerweise natürlich gerade auf Rot umspringt, und der Junge packt mich am Arm.
Bist du nicht ganz dicht, sagt er atemlos.
Er kann ja nicht wissen, dass ich die Augen nicht ganz zu hatte, und ich tu so, als wäre das ganz normal, nichts Besonderes, etwas, das ich jeden Tag mache.
Ich zucke mit den Schultern und grinse überlegen. Wie Lizzy.
Fährst da mit einem Affenzahn den Berg runter, mit geschlossenen Augen, ich glaub, ich spinn!
Ich hab dich nicht um deine Meinung gefragt, gebe ich zurück und schüttle seinen Arm ab, damit ich den Korb wieder geraderücken kann.

Der hat mir ja gerade noch gefehlt. Schlimm genug, was er über die Villa erzählt hat, so als käme ihm das gerade recht, dass die Neubausiedlung immer größer wird, dass sie die Villa abreißen, jetzt, wo klar ist, dass sie uns gehört, Lizzy und mir und nicht ihnen, ist ja logisch, dass ihm das stinkt. Da wäre ich auch sauer.

Man kann diesen Jungs nicht trauen, hatte Lizzy damals gesagt, lass dich bloß nie mit so einem ein.

Die Ampel schaltet auf Grün, und ich trete wieder in die Pedale.

Wo willst du denn hin, sagt er, radelt so knapp hinter mir, dass sein Vorderreifen fast meinen Hinterreifen berührt, Jungs machen das immer, ich weiß nicht, warum, das ist mir schon hundertmal passiert, auf dem Schulweg. Am Schluss bin ich meistens hingefallen – samt Schultasche – oder abgestiegen, damit ich nicht hinfalle, jedenfalls war das peinlich, vor allen anderen, die gelacht und hinter mir hergerufen haben, dass ich wohl Stützräder brauche.

Wüsste nicht, was dich das angeht, sag ich, ohne mich umzudrehen.

Er pfeift durch die Zähne, kommt noch näher, bis unsere Reifen ein schleifendes Geräusch machen und mein Rad gefährlich zu schlingern beginnt.

Zicke, sagt er.

Ich biege in eine Seitenstraße, das ist eigentlich ein Umweg, aber ich will nicht, dass er mir bis zu Opa hinterherfährt. Wenn ich ihn ignoriere, lässt er mich vielleicht in Ruhe. Hier fahren kaum Autos, der Junge holt auf, bis er mit mir auf gleicher Höhe ist.

Warum bist du gestern einfach weggerannt?, fragt er.
Er denkt gar nicht daran, mich in Ruhe zu lassen; er sieht aus, als hätte er jede Menge Zeit, als wären alle seine Freunde gleichzeitig in Skiurlaub oder grippekrank, so als müsste er sich schrecklich langweilen und wäre heilfroh, mich hier an der Ampel erwischt zu haben.
Ich musste nach Hause, sag ich.
Ich weiß ganz genau, das ist eine doofe Antwort, denn niemand rennt einfach so davon, bloß weil man mal eben nach Hause muss, aber etwas anderes fällt mir nicht ein, und man kann ja schlecht sagen, dass man den ganzen Weg lang geheult hat wegen einer alten, gammligen Villa, zumindest ihm mag ich das nicht sagen. Außerdem laufe ich ziemlich häufig einfach so davon.
Aha, sagt er, dabei schielt er in meinen Korb, in dem sich Tupperdosen stapeln und eine Flasche Wein.
In einem großen Bogen umkreisen wir die Häuserzeile, in der mein Opa wohnt. Nach dem dritten Mal biege ich schließlich in die richtige Straße ein und dann in den schmuddeligen kleinen Hinterhof, den sich die Mieter teilen, wo immer verblichene Wäsche an der Leine hängt und der Müll aus den Tonnen quillt.
Am anderen Ende des Hofes, unter den Kastanienbäumen, sitzt Frau Bitschek auf einer Bank und rüttelt an ihrem Kinderwagen, und das Baby schreit sich die Seele aus dem Leib. Es schreit immer, wenn ich es sehe, Frau Bitschek sagt, das kommt vom Elektrosmog, weil direkt neben ihrer Wohnung ein Trafohäuschen steht, das kann man sogar surren hören, wenn man darauf achtet, aber

Opa sagt, das ist Quatsch, das Baby schreit, weil die Leute von da drüben, aus Polen, alle so schreien, das liegt in ihrer Natur, und Frau Bitschek sagt, Elektro, nix gut.
Wieder Opa besuchen, plärrt sie zu uns herüber, ohne mit dem Rütteln aufzuhören.
Ich nicke und ärgere mich ein bisschen, weil der Junge jetzt weiß, was ich vorhabe. Wir stellen unsere Räder ab, ich fummle absichtlich lange an meinem Zahlenschloss herum, damit ich ihn nicht ansehen muss, und hoffe, dass er einfach so verschwindet, aber als ich mit rotem Kopf wieder hochkomme, ist er immer noch da und grinst mich an.
Ich sag's ja, Rotkäppchen, sagt er und verschränkt die Arme vor der Brust, als hätte er nichts weiter zu tun, als hier zu stehen und mir zuzusehen.
Die Bitschek schiebt den Kinderwagen langsam über den Hof zu uns herüber, sie hat blondes, dauergewelltes Haar mit dunklen Ansätzen und ein freundliches, rundes Gesicht mit Doppelkinn.
Na, sagt sie, dein Freund?
Der Junge grinst.
Klar, sagt er, und ich könnte im Boden versinken vor Ärger, davon merkt die Bitschek aber nichts, sie sieht hocherfreut zwischen uns hin und her.
Wie schön, sagt sie, junge Liebe!

Die Haustür steht offen, ich laufe die Treppen hoch, der Korb schlägt gegen meine Knie, an Opas Wohnungstür steckt der Schlüssel, damit ich nicht klingeln muss. Ich lehne mein heißes Gesicht gegen das Holz. Junge Liebe! Von wegen. Wenn die wüsste! Ich kann sie bis hier oben auf den Jungen einreden hören, dass ich so ein nettes Mädchen bin, wie ich mich um meinen Opa kümmere, wie hübsch ich im letzten Jahr geworden bin, und das alles in ihrem gebrochenen Deutsch. Sie erzählt ihm sogar, dass meine Oma letztes Jahr gestorben ist und an was, an Krebs nämlich. Der Junge sagt gar nichts. Er weiß ja noch nicht mal, wie ich heiße.

Ich dreh den Schlüssel im Schloss, die Tür springt auf, in der Wohnung ist es heiß und stickig. Viel zu heiß. Opa dreht immer alle Heizungen auf, damit er nicht frieren muss.

Er liegt, eingewickelt in eine braunkarierte Decke, im Wohnzimmer auf der Couch.

Malvinchen, sagt er, da bist du ja endlich.

Ich stelle den Korb auf dem Tisch ab, da stehen schon die Flasche Wein, ein Glas und ein Holzbrett mit Brotbröseln. Er hat also schon gegessen.

Deine Hände sind nicht aufgeschürft, sag ich.

Sie liegen faltig und völlig heil auf der karierten Decke, und er tut so, als hätte er nicht gehört, was ich sage.

Natürlich hat er wieder gelogen. Er klopft auf den Platz neben sich, als Zeichen, dass ich mich zu ihm setzen soll.

Du sollst nicht mit der Bitschek sprechen, sagt er, damit ich weiß, dass er mich vom Fenster aus gesehen hat, man darf sich mit denen nicht abgeben, die gehören nicht hierher zu uns.

Ich setze mich auf den Boden, neben die Couch, und schlinge die Arme um meine Knie. Mama sagt, man darf Opa nicht widersprechen, sonst regt er sich auf und wird böse, und wenn er so richtig böse wird, dann weiß er nicht mehr, was er tut. Dann vergisst er, dass er eigentlich ein Schöngeist ist.
Es ist besser, sagt sie, wenn man ihn reden lässt und sich seinen Teil dabei denkt, und Lizzy sagt, man muss immer sagen, was man denkt, und zwar sofort, aber meistens trau ich mich das nicht, sonst würde ich jetzt sagen, dass ich die Frau Bitschek ganz gerne leiden mag, auch wenn ihr Baby immer schreit und die anderen Kinder im Flur herumtoben.
Wer war der Junge?, fragt er und sieht mich scharf an.
Ich grabe meine Fingernägel in meine Fußknöchel und zucke mit den Schultern.
Ich weiß nicht, sag ich.
Opa setzt sich auf, ich will nicht, dass er mich so ansieht, so, als hätte ich etwas verbrochen.
Du lügst doch, sagt er, ich hab doch genau gehört, was er gesagt hat. Er hat gesagt, dass er dein Freund ist. Also lüg mich nicht an.
Und dann sagt er, wie enttäuscht er von mir wäre, und dass ich ihm vertrauen könnte, dass er mein kleines Geheimnis nicht weitererzählt, das sei jetzt unser Geheimnis, und es ist ihm egal, dass ich immer wieder sage, dass ich den Jungen nicht kenne und dass ich seinen Namen nicht weiß.
Ich weiß ihn wirklich nicht. Wir haben ja damals nie mit

den Jungs gesprochen. Wir haben ihnen eigene Namen gegeben, geheime Namen, so wie Hubba Bubba, so hieß der Kleine mit den Kaugummis, und einen nannten wir Pfütze, weil er so blass war und immer ein bisschen krank aussah, und dann gab es einen, der nie auch nur eine Miene verzog, der immer grimmig dreinblickte, der hieß Pokerface. Und dann der Junge. Den nannten wir einfach Klatsche.

Lizzy nannte ihn so, weil sie fand, dass er definitiv einen an der Klatsche hatte.

Der Klatsche ist nicht ganz sauber, hat sie immer gesagt, vor dem müssen wir uns besonders in Acht nehmen.

Ich fand alle anderen mindestens genauso schlimm, aber für Lizzy war der Junge mit Abstand am schlimmsten.

Hast du seine Augen gesehen, hat sie mich mal gefragt, und ich hab gesagt, nein, denn damals hab ich ihn nie von nahem gesehen, und Lizzy hat unheilvoll gesagt:

Aber ich, ich habe sie gesehen …

Das kann ich Opa natürlich nicht sagen, dass der Junge Klatsche heißt.

Drum sag ich, dass ich jetzt gehen muss, wegen Mama, wegen ihrer Migräne, aber Opa glaubt mir natürlich kein Wort, er glaubt, dass ich mich mit dem Jungen treffen will. Das ist für ihn so klar wie das Amen in der Kirche.

Er zieht mich neben sich auf die Couch, die ist so alt und durchgesessen, die Federn quietschen unter unserem Gewicht, ich kann sie sogar spüren, wie sie sich in meinen Hintern bohren.

Ich bin mir sicher, dass er nicht die Treppe hinuntergefallen ist, dass ihm nichts fehlt. Er sieht nicht aus, als würde ihm etwas wehtun.

Das gefällt mir aber gar nicht, sagt er, dass der Kerl dir wichtiger ist. Du weißt doch, dass ich dich jetzt brauche, jetzt wo ich krank bin und deine Oma nicht mehr da ist.

Er macht ein trauriges Gesicht, als müsste er weinen, weil ich ihn nicht mehr gern habe; das ist nur gespielt, sein Gesicht sieht aus wie eine Maske, als hätte er sich eine traurige Clownsmaske übergezogen, die er im Handumdrehen wieder abnehmen kann.

Du hast mich doch lieb, sagt er und fährt mit seinen Fingerspitzen über meine Stirn, die Nase, den Mund, hinunter über den Hals bis zum Ausschnitt meines T-Shirts, dort verharren sie, halten einen Moment still, als würden sie auf Antwort warten.

Ich nicke und fühle mich elend, weil ich ihn nicht lieb habe, im Gegenteil, ich habe Angst vor ihm, das wusste ich vorher bloß nicht, jetzt weiß ich es ganz genau, dass er mir Angst einjagt, wenn er mich so ansieht.

Dann gib mir noch ein Küsschen, bevor du gehst, sagt er und schlingt die Arme um mich. Ganz fest, ich kann seine knochige Brust spüren, die Hände auf meinem Rücken, die über meine Schulterblätter streicheln, und ich höre mein Herz schlagen, laut im Kopf, in den Ohren und im Hals, als wollte es aus meinem Körper springen und davonlaufen.

Ich kann das nicht, sag ich, weil man ja immer sagen muss, was man denkt.

Da lacht Opa und küsst mich wieder, so wie gestern, und ich halte die Luft an und presse die Lippen aufeinander, bis ich denke, jetzt gleich falle ich in Ohnmacht, gleich kann ich nicht länger die Luft anhalten und muss sterben.
Du kommst doch morgen wieder, sagt er.

Sonntag

Wir wollen schwören, dass wir uns niemals mit den Jungs aus der Siedlung einlassen, hat Lizzy gesagt, letzten Sommer, nachdem wir gemeinsam den grünen Kaugummiknödel von meinem Fahrradsattel gekratzt haben, gemeinsam, weil wir uns beide davor ekelten, und so war es gerecht, und Lizzy hat ein bisschen mehr gekratzt als ich, weil ich schließlich den Rest meines Lebens mit meinem Hintern auf dem Sattel sitzen würde. In der Luft hing noch der Staub, den die Jungs mit ihren Rädern aufgewirbelt hatten, und um uns herum lagen die Sachen aus dem Wohnzimmer vom bösen Friederich.

Igitt, hab ich gesagt und hab mir die Finger an der Jeans abgewischt, ich wollte nichts lieber als schwören, dass ich mich nie mit den Jungs aus der Siedlung einlassen würde, ich dachte, das würde ich sowieso nicht, wer will schon mit jemand zu tun haben, der Steine wirft und Kaugummis auf anderer Leute Fahrradsättel klebt.

Wir sind dann zurück in die Villa, weil Lizzy der Meinung war, wir sollten diesen Schwur mit Blut besiegeln, ohne Blut wäre das nur halber Kram, nichts Ernstes, und so haben wir in der Villa nach geeignetem Werkzeug für unsere Bluttat gesucht.

Wir brauchen ein Messer, hat Lizzy gesagt, und schon allein bei dem Wort Messer ist mir schlecht geworden, weil ich eigentlich kein Blut sehen kann, und schon beim kleinsten Tropfen wird mir unbehaglich, aber ich wusste, dass Lizzy sich von nichts und niemand von ihrem Vorhaben würde abbringen lassen. Das ist einfach so bei Lizzy, sie tut genau das, was sie sagt, ohne Rücksicht auf Verluste.
Ich hab versucht, kein Messer zu finden, das war natürlich sinnlos, das wusste ich schon vorher, und Lizzy hat dann auch eines entdeckt, in einem der ausgebrannten Zimmer, eins mit rußiger Klinge, das passte besonders gut, fand Lizzy.
Mit dem Messer stiegen wir auf den Dachboden, zu den Tauben hinauf, und Lizzy sprang unter den Balken herum, fuchtelte mit dem Messer, damit die Tauben einen gehörigen Schrecken bekamen.
Das ist der zeremonielle Blutsschwesterntanz!, hat sie geschrien, und dann hat sie sich zu mir auf die Matratze plumpsen lassen, unter das Himmelbett. Im Schneidersitz saßen wir uns gegenüber, Lizzy ziemlich außer Atem, und ich ängstlich, wegen des Messers, das legte sie zwischen uns, mit der geschwärzten Schneide nach oben.
Das darf man nicht, hab ich gesagt, da zerbricht eine Freundschaft, das hat meine Oma immer gesagt, wenn man ein Messer versehentlich mit der Schneide nach oben liegen gelassen hatte.
Natürlich, genau deswegen tu ich's ja, hat Lizzy gesagt.

Dreimal darfst du raten, welche Freundschaft zerbricht …
Wir fassten uns über dem Messer an den Händen, und ich warf ein, dass wir ja noch nie mit den Jungs befreundet gewesen waren, und Lizzy sagte, ich sei eine Haarspalterin und solle meinen Mund halten, und wenn, dann hätte ich nur die Worte nachzusprechen, die sie mir vorsagte.
Über uns flatterten die Tauben wieder zurück auf ihre Balken, Federn rieselten auf die Matratze, und Lizzy senkte ihre Stimme zu einem geheimnisvollen Flüstern.
Hiermit schwöre ich, Lizzy, bei meinem Blut, ewige Rache und Feindschaft den Jungs aus der Neubausiedlung.
Sie drückte meine Hände und sah mir tief in die Augen, sie hat ganz haselnussbraune Augen mit goldenen Pünktchen.
Hiermit, flüsterte ich, schwöre ich, Malvina, bei meinem Blut, ewige Rache und Feindschaft den Jungs aus der Neubausiedlung …
… und ich schwöre, fügte ich hinzu, dass ich jedem Einzelnen eine Packung Hubba Bubba mit Apfelgeschmack auf den Sattel klebe.
Wir grinsten uns an, und Lizzy nahm das Messer, sie drückte die Klinge gegen die Kuppe ihres Zeigefingers, ein winziger Blutstropfen quoll hervor, den sie auf ein kleines Tellerchen mit Goldrand tropfen ließ. Dort sollte sich unser Blut vermischen.
Schnell, sagte sie, jetzt du.

Ich kam mir sehr mutig vor, damals, als ich mit würdevoller Miene das Messer entgegennahm und mir in den Zeigefinger schnitt, es tat gar nicht weh, das Blut tropfte auf Lizzys Blut, und Lizzy sagte, Blutsschwestern auf ewig, und ich sagte: Oje, jetzt wird mir schlecht, und dann wurde mir schwarz vor Augen.

Jeden Sonntag warte ich darauf, dass mein Bruder Paul nach Hause kommt.
Wenn es nicht regnet, setze ich mich vorne an die Straße auf unsere Gartenmauer, egal wie kalt es ist, damit ich ihn gleich sehen kann, wenn er mit seinem Auto in unsere Straße einbiegt. Manchmal sitze ich sehr lange dort, vor allem, wenn Mama wieder krank und das Haus dunkel ist, Papa schlechte Laune hat, weil Mama krank ist und weil er Schularbeiten korrigieren muss, und wenn Anne mit ihren tausend Freundinnen telefoniert. Dann könnte ich stundenlang auf der Mauer sitzen und die Straße hinuntersehen.
Es gibt nichts Schöneres, als wenn Paul vom Studieren nach Hause kommt. Bevor wir hineingehen, setzt er sich zu mir auf die Mauer.
Erzähl, sagt er, und dann erzähle ich, was die Woche über passiert ist, es sprudelt nur so aus mir heraus, alles, was ich Mama nicht erzählen kann, worüber sie sich zu sehr aufregen müsste, von der Schule und was Lizzy und ich angestellt haben. Mindestens zehn Minuten rede ich un-

unterbrochen, und er hört nur zu, bis mir nichts mehr einfällt, und dann sagt er:
Das kriegen wir alles hin.
Lizzy beneidet mich um Paul. Sie hat keine Geschwister und würde sonst was drum geben, wenn sie auch so einen großen Bruder hätte. Als wir noch klein waren, haben wir ausgehandelt, dass wir ihn teilen. Ich sollte dafür die Hälfte von ihrem Meerschwein Monty bekommen. Aber Monty ist dann gestorben, und im Grunde muss man einfach einen eigenen Bruder haben, da kann kein Meerschwein mithalten, obwohl Monty wirklich süß war. Einen Bruder teilen ist doof. Da hilft nichts. Ich hätte schließlich auch keine Lust, zu dritt auf der Mauer zu sitzen, obwohl Lizzy meine allerbeste Freundin ist.
Ich sitze schon seit genau dreiundvierzig Minuten auf der Gartenmauer.
Mama hat immer noch Migräne, gestern Abend war unser Hausarzt da und hat ihr Spritzen gegeben, dann schläft sie bis zum nächsten Morgen, und dann geht alles von vorne los. Heute Morgen bin ich davon wach geworden, dass Mama gekotzt hat. Das sind die schlimmsten Tage, wenn sie schon morgens brechen muss, da sehe ich zu, dass ich aus dem Haus bin.
Wenn zuerst ein silbernes Auto und dann zwei schwarze vorbeifahren, sage ich, kommt als Nächstes Paul.
Wenn ich mich richtig konzentriere, funktioniert das. Natürlich nicht immer, aber manchmal. Heute kommt weder ein silbernes Auto noch ein schwarzes, unsere Straße ist wie ausgestorben, als hätte die halbe Welt Migräne,

nur ich sitze hier draußen und strecke mein Gesicht und meine nackten Arme in die Sonne, sie sind ganz blass, mit hellbraunen Sommersprossen.
Endlich höre ich Motorengeräusche, es ist Paul, das weiß ich schon, bevor ich überhaupt das Auto sehen kann. Als er um die Ecke biegt, winke ich wie verrückt, hinter der Windschutzscheibe erkenne ich, obwohl das Glas in der Sonne spiegelt, seinen blonden Haarschopf und die Sonnenbrille; die hat er, weil sie so cool aussieht und die Mädels auf coole Typen stehen. Er hupt zurück, das hört sich ganz unwirklich an, so ruhig ist es hier.
Ich hüpfe von der Mauer, weil ich es nicht erwarten kann, mit ihm zu reden, Paul parkt das Auto am Straßenrand.
He, sagt er und wirbelt mich herum, bis mir schwindlig wird, wie geht's meiner kleinen Schwester.
Er setzt mich auf der Kühlerhaube ab.
Du musst mehr essen, sagt er und sieht prüfend an mir herunter, du bist viel zu dünn.
Das sagt er fast immer, seit ich zu wachsen angefangen habe.
Ich wollte ihm von Opa erzählen, vom Küssen und von dem Jungen, aber jetzt bekomme ich meinen Mund nicht auf und habe einen unangenehmen Kloß im Hals, als hätte ich den grünen Kaugummiknödel von damals geschluckt und der würde zur Hälfte in meiner Kehle hängen und die andere Hälfte schon weiter unten.
Wenn ich an Opa denke, schäme ich mich, ein richtig unangenehmes Gefühl, so als hätte ich etwas falsch gemacht. So, als müsste mir dieser Kuss peinlich sein.

Jedes Mal, wenn ich daran denke, bekomme ich ein komisches Drehen im Bauch, wie beim Karussellfahren, nur schlimmer. Ich versuche deswegen möglichst wenig daran zu denken, nicht an Opa und nicht daran, dass ich ihn wieder besuchen muss, das gelingt mir ganz gut. Ich denke dann ganz schnell an Lizzy oder den Jungen, und heute Vormittag hab ich meistens an Paul gedacht und mir ganz fest gewünscht, dass er mich versteht und sagt, dass ich nicht mehr zu Opa gehen muss, nie wieder, oder zumindest nicht mehr alleine.
Paul lässt das Auto auf und ab wippen.
Das haben wir früher oft gespielt, in unserem alten Ford. Paul hat sich vorne auf die Kühlerhaube gesetzt und das Auto schaukeln lassen, und Anne und ich haben getan, als wären wir in Seenot.
Untergang der Titanic hieß das Spiel, und wenn ich die Augen zugemacht hab, konnte ich das Meer sehen, die riesigen Wellen, Meeresungeheuer und Haie, und ich konnte fühlen, wie es ist zu ertrinken, ganz deutlich fühlen konnte ich das. Wie das Wasser einen verschlingt und immer tiefer saugt, bis es dunkel um einen wird, dunkel und kalt, und man weiß, dass man sterben muss. Ich glaube, Anne dachte keine Sekunde ans Ertrinken.
Wir haben gekreischt, bis wir heiser waren, haben wir gekreischt, bis Paul keine Lust mehr hatte auf Schaukeln.
Das mit Opa …, sagt Paul, du musst dich bei ihm entschuldigen.
Ich zucke zusammen. Papa hat es ihm erzählt. So ist das also. Papa hat Paul die Sache mit Opa erzählt, hinter mei-

nem Rücken haben sie über mich geredet, das ist gemein, und sie finden, ich muss mich entschuldigen, weil ich gepetzt habe.
Paul hört mit dem Wippen auf und legt den Arm um meine Schultern, und meine Schultern fühlen sich plötzlich ganz kalt an.
Der Opa meint das nicht so, du weißt doch, wie gern er dich hat. Er hat dich von uns allen am liebsten.
Als ich darauf nichts antworte, drückt er mich noch fester, ganz fest, fast so, als würde er mich verstehen, aber in mir drin weiß ich, dass er keine Ahnung hat.
Er hat einfach keine Ahnung.
Von mir nicht und auch nicht von Opa.
Er war ja nicht dabei, er hat Opa nicht gesehen, und er hat nicht gehört, wie Opa mit mir redet, wie soll ich das erklären.
Jetzt müsste ich sagen, wie traurig ich das finde, dass niemand Ahnung von mir hat, aber in meinem Hals sitzt immer noch dieser Kloß. Ich versuche, ihn zu schlucken, aber der Kloß bleibt beharrlich in meiner Kehle stecken, bis ich meine, ich muss daran ersticken. Pauls Arm auf meinen Schultern macht das Ganze noch schlimmer. Wenn der Arm nicht wäre, könnte ich von der Kühlerhaube springen und so tun, als würde ich das auch finden. Ich würde den Kloß schlucken und lachen.
Opa hat mich von allen am liebsten.
Ich würde sagen:
Genau, Opa hat mich von allen am liebsten, das weiß ich doch.

Ich kann spüren, wie leicht dieser Satz über meine Lippen kommen würde, wie ich damit meine Gedanken fortwische, aus meinem Kopf lösche, damit alles wieder in Ordnung ist.
Gibt es Tintenkiller für Gedanken? Und für Gefühle? Den sollte mal jemand erfinden.
Aber dieser Arm hält mich fest, und ich weiß, dass daran etwas nicht stimmt.
Wenn man jemanden so lieb hat, so wie Opa mich, dann stimmt daran etwas nicht, da bin ich sicher.
Ich starre auf meine Schuhspitzen, auf den Asphalt, auf meine sommersprossigen Unterarme, damit ich nicht heulen muss. Hinter uns zieht jemand die Rollläden mit einem Ruck nach oben, das ist wahrscheinlich Papa.
Er sagt, Mama müsse sich auch mal zusammenreißen, das geht so nicht, dass man immer krank ist, und deswegen macht er die Fenster auf und scheucht sie aus dem Bett ins Badezimmer und wartet, bis sie angezogen ist. Nicht nur den Bademantel, sondern richtig angezogen.
Von dem Rumgeliege werden die Kopfschmerzen auch nicht besser, sagt er, und zur Strafe leidet Mama dann stumm und trägt ihren Tiegel Tigerbalsam durchs Haus, damit jeder sieht, was sie durchmachen muss, damit jeder sieht, wie schlecht es ihr geht.
Papa knallt mit den Fenstern; wenigstens wenn dein Sohn nach Hause kommt, höre ich ihn sagen, was Mama darauf antwortet, verstehe ich nicht, es klingt jedenfalls sehr weinerlich.

Er hat mich geküsst, sag ich leise.
Paul lacht.
Aber ich küss dich doch auch, sagt er.
Dabei küsst er mich schnell. Auf die Wange, aufs Ohr und ins Haar. Nicht so wie Opa, sondern so, wie es richtig ist.
So wie man jemanden küsst, den man richtig lieb hat.
Siehst du, sagt er, so einfach ist das.
Dann springt er von der Kühlerhaube, als müsste er jetzt schnell hinein, als hätte er es plötzlich sehr eilig. Wo er gesessen hat, ist eine Delle im Blech. Ein Abdruck von seinem Hintern. Er grinst ein bisschen schief, als wäre er selbst nicht ganz sicher, und ich grinse zurück.
So einfach ist das.

Ich sperre mich im Badezimmer ein.
Ich will nicht Mittag essen, ich will nicht mehr mit Paul reden, ich will nur alleine sein. Papa haut gegen die Tür und schreit, was ich da drin tue.
Baden, sage ich, ich liege in der Badewanne.
Das stimmt natürlich nicht, und Papa schreit, er würde in einem Irrenhaus leben, in dem Leute am hellen Nachmittag in die Badewanne steigen und andere den ganzen Tag im Bett lägen. Das wäre ja nicht auszuhalten, schreit er, aber mit ihm könne man das ja machen. Ob ich denn an die Wasserrechnung denken würde, das müsste alles er bezahlen, jeden Tag diese Baderei, und wenn ich so weitermachen würde, dann würde er die Badewanne zuzementieren. Zuzementieren!, schreit er.

Ich presse meine Hände auf die Ohren, bis ich nichts mehr höre außer einem leisen Pochen, und das ist nicht mein Vater an der Tür, das ist mein Herz. Zusammengekauert hocke ich in der leeren Badewanne und warte, bis ich mir sicher bin, dass er weg ist, dass ich alleine bin.
Er hat mir ein paar Scheine in die Hand gedrückt, von Opa, damit ich wiederkomme und ihm Essen bringe. Jeden Tag, bis es ihm wieder besser geht, das Geld ist die Entschädigung dafür. Für die Fahrt mit dem Rad, für die Zeit, die ich bei ihm verbringe, während der Ferien.
Opa ist dir sehr dankbar, hat er gesagt und mir kurz über den Kopf gestrichen.
Das tut er sonst nie.
Mama sagt, er ist einfach so. Er kann nicht so gut zeigen, dass er uns lieb hat, sagt sie, das heißt aber nicht, dass er es nicht tut. Er zeigt das auf andere Art, eine Art, die man oft nicht gleich versteht. Er verdient Geld, damit wir uns das Haus leisten können und zweimal im Jahr eine Urlaubsreise. Mehr fällt ihr dann meistens nicht ein. Manchmal sagt sie, er schimpft mich nur aus, weil er es gut mit mir meint, weil er sich sorgt, dass ich es später mal gut habe, und wenn ich nicht gut bin in der Schule, hat er Angst, dass ich keinen vernünftigen Beruf bekomme. Darum schreit er auch herum, wenn ich schlechte Noten nach Hause bringe. Das bedeutet, dass er ganz wild wird vor Sorge.
Gefühle haben und Gefühle zeigen ist zweierlei.
Trotzdem geht mir der Gedanke nicht mehr aus dem

Kopf, dass daran etwas faul ist, an der Sache mit Papas Gefühlen.
Ich geh nicht, hab ich gesagt und mich im Badezimmer eingeschlossen.
Die Scheine halte ich immer noch in der Hand, ein schwitziges Papierknäuel. Aus der Küche höre ich Stimmengemurmel. Wenn ich genau hinhören würde, mit dem Ohr an der Badezimmertür, könnte ich hören, was sie sagen, aber ich verstehe es auch so. Dazu muss ich nicht aus der Badewanne klettern.
Papa sagt, wie verstockt ich bin, dass er nicht mehr weiß, was er mit mir anstellen soll.
Die stellt sich einfach taub, wird er sagen, zum einen Ohr rein, zum anderen Ohr raus.
Und Paul wird sagen: Das ist das Alter.
Ich werfe das Papierknäuel Richtung Kloschüssel, ich treffe nur den Rand, dann höre ich noch ein Geräusch, von draußen, jetzt rapple ich mich doch auf; das Fenster im Badezimmer ist dummerweise aus Milchglas, da sieht man gar nichts, da kann man noch so genau hingucken, man sieht nur Flecken, sonst nichts, aber es ist gekippt, und wenn man durch den Spalt lugt, sieht man zur Straße hinaus. Man sieht unser Gartentor, ein Stück Mauer, den Weg vom Haus zur Straße.
Und auf der Straße ist der Junge.
Er fährt vorbei. Mit dem Rad, so schnell, dass ich ihn nicht gleich erkenne, erst glaub ich, ich hab mich getäuscht, aber dann kommt er zurück, diesmal langsamer.
Klatsche.

Vor Schreck falle ich beinahe zurück in die Wanne.
Was will der denn hier?
Er dreht ein paar Runden vor unserem Gartentor, so langsam, dass er seine Füße am Boden mitschleifen muss.
Er wird doch nicht klingeln! O Gott, bitte mach, dass er nicht klingelt!
Ich rutsche vom Fenster weg. Das wäre vielleicht peinlich, wenn er mich hier sehen würde. Dann linse ich doch wieder hinaus.
Er sieht ziemlich gut aus, das muss ich mir leider eingestehen, und ich will gar nicht daran denken, was Lizzy dazu sagen würde. Sie würde sagen, er sieht aus wie Verrückte, die eins an der Klatsche haben, eben aussehen, und dann würde sie sagen, ich soll mir das bloß aus dem Kopf schlagen, was auch immer, einfach nicht daran denken.
Schwur ist Schwur. Blutsschwester ist Blutsschwester. Und da hat sie auch noch recht.
Er hat sein Haar zu einem kurzen Zopf gebunden, der im Nacken absteht wie ein dicker Pinsel aus Pferdehaar. Er trägt helle Jeans mit Löchern an den Knien und am Hintern und ein schwarzes Shirt. Obwohl es nicht besonders warm ist.
Jungs frieren anscheinend nicht so leicht.
In seiner Hosentasche zeichnet sich eine Zigarettenschachtel ab. Ich kann wirklich nur hoffen, dass Mama ihn nicht sieht. Sie würde ihn für asozial halten. Alleine wegen der Löcher in der Hose. Sie findet, so darf man nicht herumlaufen. Kleider machen Leute, sagt sie oft.

Meistens sagt sie das zu Lizzy, denn Lizzy hat auch Löcher in der Hose und unter den Löchern geringelte Strumpfhosen, und manchmal hat sie gar nichts unter den Löchern, das ist am schlimmsten. Löcher mit nichts drunter. Ich weiß natürlich, was sie drunter hat. Stringtangas, die hat sie mich sogar probieren lassen, letzte Woche, bevor sie in Skiurlaub gefahren ist. Ich hab gesagt, ich finde Stringtangas furchtbar unbequem, und Lizzy hat gesagt, Baby, du hast ja keine Ahnung, und dann haben wir uns totgelacht und uns die Strings als Mützen über den Kopf gezogen.

Klatsche stellt sein Rad vor unserer Gartenmauer ab. Zielstrebig öffnet er das Gartentor und stapft den Weg herunter. Vor dem Badezimmerfenster bleibt er stehen und sieht zu mir herauf.

Ich sehe ganz genau, dass du da im Fenster hängst, sagt er, und ich lasse mich vor Schreck zurück in die Badewanne plumpsen, so wie man es nicht tun soll, wenn man sich nicht das Genick brechen will. Badewannen können nämlich verteufelt gefährlich sein, wenn man nicht aufpasst und ausrutscht.

Ich sagte, ich sehe ganz genau, dass du da im Fenster hängst, wiederholt er und wirft einen Stein gegen den Fensterrahmen, wahrscheinlich rein aus Gewohnheit, weil er das immer so macht. Das ist das Problem mit schlechten Angewohnheiten, man ist gezwungen, es wieder und wieder zu tun. Anne zum Beispiel kaut ihre Fingernägel ab, bis zur Nagelhaut, auch wenn es wehtut und ihre Finger manchmal schrecklich aussehen, sie tut

es trotzdem. Früher hat Mama versucht, ihr das abzugewöhnen, sie hat extra bitteren Nagellack gekauft, damit sie es lässt, hat aber alles nichts genützt, sie hat weiter ihre Nägel aufgegessen, auch mit Lack. Ich schätze, bei Klatsche ist das mit dem Steinewerfen genauso.
Was willst du, fauche ich durch den Spalt, sieh zu, dass du hier verschwindest.
Einen kurzen Moment ist Stille, dann lacht er leise. Er hebt einen Kiesel auf und lässt ihn von einer Hand in die andere gleiten. Er ist wirklich nicht ganz dicht!
Bist heute nicht zu deinem Opa, sagt er, ich hab auf dich gewartet.
Oh, Lizzy wird vielleicht wütend werden, wenn sie das hört. Auf mich gewartet, dass ich nicht lache!
Aufgelauert, meinst du wohl, sage ich, das könnt ihr ja ganz gut, da brauchst du mir nichts zu erzählen.
Davon hatten wir schon im letzten Sommer genug Kostproben bekommen. Und jetzt ist man nicht mal zu Hause vor ihnen sicher. Wird Zeit, dass Lizzy wieder zurückkommt und wir für eindeutige Verhältnisse sorgen.
Wo sind denn deine Kumpels, sage ich böse, die stehen wohl hinter der Mauer Schmiere, oder täusche ich mich?
Er sieht sich suchend um.
Sehe keinen, sagt er und grinst schon wieder.
Ich trete von einem Fuß auf den anderen, ich stehe genau in der kleinen Pfütze, die der Wasserhahn macht, mit Socken. Papa regt sich immer über den Hahn auf, weil er tropft, und das sei Verschwendung von Energie.

Deswegen besteht er darauf, dass der Stöpsel in der Badewanne bleibt, damit das Wasser nicht verloren geht. Manchmal ist die halbe Wanne voll mit eiskaltem Wasser, und Mama sagt, es wäre vielleicht besser, den Klempner zu bestellen, und Papa sagt dann, das könne sie mit ihrem Geld tun, sobald sie wieder zur Arbeit gehe, und bis dahin müsse man sich eben mit dem kalten Wasser arrangieren.
Meine Füße sind jedenfalls pitschnass.
Hör mal, sagt der Junge, kommst du morgen zur Villa?
Er wirft den Stein über den Kopf und fängt ihn blind hinter dem Rücken wieder auf. Das tut er natürlich, um mir zu imponieren. Angeber. Aber auf solche Spielchen falle ich nicht herein, das ist schließlich keine Kunst, einen blöden Kieselstein zu werfen. Da muss er sich schon was anderes ausdenken.
Ich antworte gar nicht, sondern ziehe betont geräuschvoll Luft durch die Nase, damit er gleich weiß, was ich von diesem Vorschlag halte, nämlich gar nichts.
Kannst ja mal drüber nachdenken, sagt er und dreht sich um, marschiert betont gleichgültig den Weg zur Straße zurück, am Gartentor bleibt er kurz stehen und wirft den Stein.
Ich kann nicht sehen, was er trifft, ich höre nur ein Klacken und vermute, es ist eins von den zahlreichen Vogelhäuschen, die meine Mutter im Garten aufgestellt hat. Den Vögeln kann sie nämlich stundenlang zusehen. Wenn sie keine Migräne hat.
Dann schwingt er sich wieder auf sein Rad, sehr männ-

lich tut er das, und ich kann nochmal seinen Hintern begutachten. Er dreht eine Runde, dann radelt er davon. Ohne sich umzuschauen.

Ich bleibe den restlichen Nachmittag in der Badewanne sitzen, ich ziehe meine Socken aus und hänge sie über den Wannenrand zum Trocknen, ich sehe dem Wasserhahn beim Tropfen zu, wie die Pfütze immer größer und größer wird, und ich sehe dem Himmel zu, wie er sich dunkel färbt, das kann ich durchs Milchglas beobachten.
Ab und zu haut mein Vater gegen die Tür, und dann Anne, weil sie sich im Spiegel ansehen muss, sie muss sich nämlich immerzu im Spiegel ansehen, ob ihre Augen noch schwarz umrandet sind oder die Wimperntusche verläuft. Lizzy und ich haben beschlossen, dass wir uns nie schminken. Wegen Anne. Wenn wir sie ärgern wollen, nennen wir sie Schleiereule, weil sie uns an das Bild in unserem Biologiebuch erinnert. *Schleiereule beim Brüten* steht darunter, und Lizzy hat mich angestoßen und gesagt, sollte lieber heißen *Anne beim Brüten*, und dann hat sie die Zeile mit Bleistift durchgestrichen und *Anne beim Brüten* daneben geschrieben.
Huuu … Huuu, machen wir, wenn sie an uns vorbeigeht. Anne wird jedes Mal sehr böse und sagt, wir seien hässliche kleine Kröten.
Das macht mir gar nichts, sagt Lizzy, eine hässliche kleine Kröte zu sein. Lieber hässlich als doof.
Blöde Kuh!, schreit Anne durch die Tür, aber ich stelle mich taub.

Ich bleibe auch in der Wanne, als Paul wegfährt. Er geht unten am Badezimmerfenster vorbei; wahrscheinlich hat er seinen Laptoprucksack über der Schulter, er bleibt nicht stehen.
Bis nächste Woche, könnte er sagen, oder: Lass dich nicht unterkriegen. Irgendetwas, damit ich weiß, dass er an mich denkt.
Die Autotür schlägt zu.
Ich weine ein bisschen, weil ich weiß, dass ich nie mehr auf der Mauer auf ihn warten werde, und höre zu, wie das Motorengeräusch seines Autos immer leiser wird.

Montag

Meine Oma ist letztes Jahr im Mai gestorben.
Ganz dünn war sie geworden und kahl, so kannte ich sie gar nicht. Ich hatte das Gefühl, sie verschwindet immer mehr und mehr, bis nichts mehr von ihr übrig ist.
Malvina, hat sie gesagt, ich werde kleiner und kleiner, bald kann ich in einer Schuhschachtel schlafen, was sagst du dazu.
Dazu hab ich gar nichts gesagt, weil Oma schon immer sehr klein war, nur knapp einen Meter fünfzig, und weil ich wusste, dass sie recht hatte. Oma hatte immer mit allem recht. Sie war eine kluge, sanfte Frau, sie hat nie gebrüllt, und wenn Opa gebrüllt hat, hat sie gelächelt.
Wer lächelt statt zu toben, ist immer der Stärkere, hat sie gesagt.
Am Tag ihrer Beerdigung lächelte die Sonne.
Wir standen um das Grab herum, und alle heulten, vor allem mein Opa und Anne und die alten Frauen von der Gemeinde, die heulen ja immer. Meine Mutter heulte nicht, die war daheim geblieben, mit Migräne, die kann Beerdigungen nicht ertragen, die vielen Leute und den Weihrauch und am Schluss das Händeschütteln. Wenn

ihr jeder die Hand schüttelt und herzliches Beileid sagt, könnte sie davonlaufen. Sie war nicht mal auf der Beerdigung ihrer eigenen Eltern, da musste mein Vater mit Paul und Anne alleine hingehen. Ich war damals noch zu klein für Beerdigungen.

Ich war noch nie zuvor auf einer Beerdigung gewesen.

Neben mir stand Lizzy. Wir hatten viel zu warme, schwarze Klamotten an, und die Sonne schien auf uns herunter, und Lizzy sagte, schau, die Sonne lächelt, weil der liebe Gott sich freut, dass deine Oma endlich in den Himmel kommt.

Wir waren die Einzigen, die nicht heulten, wir warfen unsere Blumen auf den Sarg, und ich konnte nicht glauben, dass meine Oma da unten liegen sollte, denn der Sarg war groß, viel größer, als ich ihn mir vorgestellt hatte.

Viel größer als eine Schuhschachtel.

Sie muss ganz verloren darin aussehen, dachte ich.

Nach der Beerdigung fuhren wir in unseren schwarzen Klamotten zur Villa. Wir kletterten in den oberen Fenstern herum, und ich hoffte, die Jungs würden kommen, ich hatte richtig Lust auf Ärger, auf Herumschreien und Sachen-aus-dem-Fenster-Werfen. Die Villa erschien mir so leer plötzlich, als sei eine Seele ausgezogen.

Genau, dachte ich, als hätte sich eine Seele auf und davon gemacht.

Wir hielten lange Ausschau nach den Jungs, kicherten herum, erfanden alberne Spiele und schwitzten, weil es heiß war und weil wir uns nicht trauten, die schwarzen Sachen auszuziehen. Lizzy sagte, das darf man nicht, am

Tag einer Beerdigung, da muss man mit schwarzen Klamotten herumlaufen, und ich sagte, vielleicht darf man auch nicht herumkichern.
Quatsch, sagte Lizzy, wie kommst du denn darauf.
Irgendwann stiegen wir auf den Dachboden, und da konnte ich diese Leere nicht mehr aushalten. Mir war so schrecklich jämmerlich zumute wie noch nie in meinem Leben, und ich fing doch noch zu heulen an, ich heulte in die Feldmäusekissen, und Lizzy streichelte über meinen Rücken, sie ist doch immer noch da, sagte sie und streichelte und streichelte, und ich wurde wütend, weil ich ihr nicht glauben wollte.
Gar nicht ist sie da, schrie ich, du sollst mich nicht anlügen!
Darauf antwortete sie nicht. Sie hielt nur mit dem Streicheln inne, zog ihre Hand zurück und sah mich sehr ernst an. Lizzy hatte mich noch nie zuvor angelogen, das wusste ich.
Wo soll sie denn sein?, schrie ich und rannte wie wild auf dem Dachboden herum, von der einen Seite zur anderen, und heulte dabei, weil ich dachte, den Schmerz in meiner Brust nicht ertragen zu können.
Lizzy lief nicht herum. Sie saß ganz still auf der Matratze, und als ich einen Moment innehielt, weil ich Seitenstechen hatte vom Laufen und Schluckauf vom Heulen, sah ich, wie die Sonne über uns durch die Dachsparren schien, goldene Bahnen, in denen der Staub tanzte und wirbelte, die Luft leuchtete und setzte Heiligenscheine auf unsere Köpfe, so sah es jedenfalls aus.

Versprichst du es mir, sagte ich, und Lizzy nickte und versprach, dass meine Oma nicht einfach weg war, dass sie immer nach mir sah und auf mich aufpasste, wie ein Schutzengel.
Was man verspricht, das muss man auch halten, flüsterte ich, denn mit Versprechen kannte ich mich aus, und Lizzy sagte: Klar, das weiß ich doch.
Später sahen wir die Jungs von der Siedlung, wie sie den Weg zur Villa herunterkamen, aber wir hatten keine Lust mehr, uns mit ihnen anzulegen, wir kletterten aus einem der hinteren Fenster und machten uns heimlich davon. Von weitem beobachteten wir sie eine Weile, wie sie in der Villa herumstreunten, aber weil sie alleine waren, verloren sie bald den Spaß daran.
Denen ist langweilig, sagte Lizzy.
Die werden sich nochmal wünschen, Langeweile zu haben, sagte ich.

Wir fahren zu Opa. Nur Papa und ich.
Während der Fahrt herrscht eisiges Schweigen. Ich überlege hin und her, was ich tun soll. Papa ist heute Morgen in mein Zimmer gekommen; er hat die Zimmertür sehr nachdrücklich hinter sich geschlossen und sich auf meinen Schreibtischstuhl gesetzt. Das sah komisch aus, weil er nie dort sitzt, er ist fast nie in meinem Zimmer. Eine Zeit lang hat er sich die Poster über meinem Bett angesehen, Poster von Sängern, die ich gut finde, und Fotos von Lizzy und

mir, die hat er besonders lange angesehen, so als wäre ihm vorher nie aufgefallen, dass ich eine Freundin habe.
Das ist diese Lizzy, hat er gesagt, und ich fand es gar nicht schön, dass er *diese Lizzy* gesagt hat und nicht einfach nur *Lizzy* oder *deine beste Freundin Lizzy*.
Ich hab genickt und auf das Stück Wand neben seinem Kopf gestarrt, da hängt auch ein Foto von Lizzy und mir, über dem Schreibtisch, das habe ich besonders gerne. Lizzys Mutter hat das gemacht, letzten Sommer, wir halten uns im Arm und lachen in die Kamera, und Lizzy hat ein blaues Auge. Ein riesiges Veilchen, damit sieht sie sehr verwegen aus, wie eine Piratentochter.
Ich habe vorhin mit Opa telefoniert, hat Papa gesagt, er ist deinetwegen sehr traurig. Er kann gar nicht verstehen, warum du ihn nicht mehr besuchen willst.
Von diesem Satz ist mir ganz schwindelig geworden, mittendrin, und ich wusste nicht, was ich sagen sollte, und darum hab ich auf meinen Lippen herumgebissen und nichts gesagt und darauf gewartet, dass er wieder geht und mich zufrieden lässt.
Du lässt dich zu sehr von deinen Gefühlen leiten, hat er gesagt, du kennst keine Vernunft, keinen Funken Vernunft.
Da war mir schon so schwindelig, dass Lizzys Gesicht auf dem Foto sich zu drehen begonnen hat und auf mich zukam, und ich musste die Augen zumachen.
Alles schwarz, hab ich gedacht, das ist gut.
Papa hat einfach weitergeredet, ihm war völlig gleich, dass ich meine Augen zu hatte, völlig gleich, für ihn war nur

wichtig, dass er mir erzählt, wie das ist mit den Gefühlen, dass man sich nicht darauf verlassen kann, dass man nur auf seinen Verstand zählen darf, und wenn man nur für fünf Cent Verstand hat, würde man einsehen, dass die Familie nur immer das Beste will. Und Opa ist ja auch die Familie.

Am Schluss hat er wieder gesagt:

Zum einen Ohr rein und zum anderen wieder raus, so ist das leider bei dir …

Und dann ist meine Mutter zur Tür reingekommen, sie hat sich ihren Kopf gehalten und die Augen zugekniffen, als wäre es bei mir im Zimmer sehr, sehr hell und sie würde genau ins Licht schauen, und Papa hat gesagt, sie solle sich bloß nicht einmischen, das würde ihm gerade noch fehlen, ihr Kommentar, und da ist sie wieder raus, ohne ein Wort zu sagen.

Opa hat wieder den Schlüssel in der Wohnungstür stecken lassen.

Das sollst du doch nicht, sagt Papa zu ihm, schon wegen der Bitschek.

Opa liegt auf der Couch und sieht krank aus, die braunkarierte Decke hat er bis zum Kinn gezogen.

Meine Malvina, sagt er.

Ich halte es keine Sekunde bei ihm aus. Eine Entschuldigung murmelnd, verschwinde ich aufs Klo.

Ich reiße das Fenster auf und atme durch. Laue Frühlingsluft strömt herein. Ich lehne mich weit hinaus, man kann den ganzen Hinterhof von hier überblicken. Die

Kastanienbäume stehen in voller Blüte, weiße, schwere Kerzen, und über den Himmel ziehen Wolken, so bauschig wie Watteböllchen. Direkt unter mir ist ein kleiner Kinderspielplatz mit demolierten Schaukeln und Wippen, früher war ich oft mit meiner Oma da unten, eigentlich jedes Mal. Es gab da ein Klettergerüst, das aussah wie ein Drache. Man kletterte durch den ganzen Körper, und aus dem Maul ragte eine Rutsche, eine richtig lange Rutsche. Oma hat jedes Mal so getan, als hätte sie Riesenschiss um mich, wenn ich da oben herumgeklettert bin, und ich hab so getan, als würde ich gleich runterfallen.

Sie hat an ihr Herz gefasst und gerufen: Malvina, das halte ich nicht aus, das ist mir zu aufregend!

Natürlich bin ich nie hinuntergefallen, sondern immer die Rutsche gerutscht, genau in ihre Arme.

Die Drachenrutsche gibt es jetzt schon lange nicht mehr. Irgendwer hat sie vor ein paar Jahren aus der Verankerung gerissen und umgeworfen. Opa hat damals gesagt, das waren Vandalen, und damit die älteren Jungs vom Häuserblock nebenan gemeint.

Die Bitschek kommt über den Hof und wirft Flaschen in den Container, sie sieht nicht zu mir herauf, das Baby sitzt auf ihrer Hüfte und weint. Nicht so laut wie normalerweise, das Klirren der Flaschen ist viel lauter, das kann man bestimmt noch in den nächsten drei Häuserblocks hören.

Es ist so laut, dass ich nicht höre, wie die Wohnungstür ins Schloss fällt. Ich merke erst, dass Papa weg ist, als

er unten über die Stiege tritt. Er grüßt die Bitschek mit einem knappen Kopfnicken, dann ist er verschwunden, durch die rotweiße Schranke, die den Hof von der Straße abtrennt.
Ich starre lange auf diese Schranke.
Genau genommen so lange, bis es an der Tür klopft.
Malvina, sagt Opa, sehr sanft sagt er das, was tust du denn so lange da drinnen.

Als ich die Tür öffne, steht Opa immer noch davor. Er fasst mich an der Hand und zieht mich ins Wohnzimmer.
Wir beide, wir müssen jetzt etwas besprechen, sagt er. Etwas sehr Wichtiges.
Wir setzen uns nebeneinander aufs Sofa, so nah, dass wir uns an den Ellbogen berühren und an den Knien.
Ich hab deinen Papa weggeschickt, sagt er.
Dabei legt er mir den Arm um die Schultern. Ich spüre, wie der Arm zittert, wieso, weiß ich nicht, er zittert und ist so schwer, dass er mich immer fester auf das Sofa drückt.
Weißt du auch, warum ich ihn weggeschickt habe?, fragt er immer noch so sanft und leise, wie man vielleicht mit einem jungen Kätzchen spricht oder mit einer Kohlmeise, die man in der hohlen Hand gefangen hat.
Ich drehe meinen Kopf weg.
Aber Opa fasst mein Kinn mit der Hand und dreht meinen Kopf zurück, sodass ich ihm in die Augen sehen muss.

Er hat ein Glasauge, das ist auch eine Kriegsverletzung, er sagt, von einem Granatsplitter, ich hab geblutet wie ein Schwein, sagt er immer, wie ein abgestochenes Ferkel. Das richtige Auge ist wässrig grau. Das Glasauge ist klarer. Ich schaue in das Glasauge.

Weißt du, was du deinem Papa und Paul da über uns erzählt hast, das war nicht schön von dir. Aber der Papa hat dir sowieso nicht geglaubt. Und weißt du auch, warum?

Er macht eine Pause, und ich überlege, wie das so ist mit einem Glasauge, wie sich das in der Augenhöhle anfühlt, ob es in der Augenhöhle wohl schleimig ist? Kann so ein Glasauge weinen, und wie komisch das ist, dass ich dieses Glasauge sehen kann, aber das Glasauge mich nicht.

Weil er immer mir glaubt. Weil ich sein Vater bin. Was du ihm auch erzählst, er glaubt dir nicht.

Mittlerweile sehe ich vier Glasaugen. Eines davon auf der Stirn, verschwommen, als würde es sich langsam immer weiter entfernen.

Paul und dein Vater sind so dumm, sagt Opa, die würden das nicht verstehen, die würden denken, mit dir stimmt etwas nicht, aber ich verstehe dich, ich weiß, was in dir vorgeht.

Sein Atem streift mich, meine Wangen, ein dumpfer, abgestandener Geruch.

Du bist ganz durcheinander, meine Kleine, sagt er und streicht über meinen Kopf, ganz sacht und zärtlich, und tatsächlich, alles in mir ist in Unordnung, ein heilloses Durcheinander, ein Zimmer, das man durchwühlt und

zurücklässt, Kleidung liegt herum, Bücher, Zettel und alte Schulhefte, und ich selbst stehe daneben und soll Ordnung schaffen, während immerzu von Neuem Verwüstung angerichtet wird.
Hab ich recht, Malvina, du weißt nicht, wie wundervoll die Liebe ist, und deswegen denkst du so scheußliche Sachen von deinem Opa, das kann ich gar nicht glauben, so scheußliche Dinge, wo ich dich doch so lieb habe …
Er drückt mich nach hinten aufs Sofa, und die Glasaugen verschwimmen zu einer grauen, wabernden Masse, die auf mich zufließt und mich von allen Seiten umschlingt wie ein Meeresungeheuer, wie ein Riesenkrake. Ein Riesenkrake, die seine Saugnäpfe an mir festsaugt. Einer am Mund saugt meinen Atem aus mir heraus und stößt seinen Atem in mich hinein, eine graue Zunge, die über meine Lippen leckt.
Das gefällt dir doch, Malvina, das muss dir doch gefallen, sagt er und küsst mich und zittert dabei.
Etwas Seltsames passiert. Ich spüre, wie ich mich aus meinem Körper zurückziehe. Langsam, zuerst aus den Beinen, dann aus dem Bauch immer weiter nach oben. Ich verschwinde.
Ich verschwinde in meinem Kopf.
Ganz weit entfernt höre ich seine Stimme.
Du hast es doch versprochen, sagt er immer wieder, und ich kann mir nicht erklären, was er damit meint.
Ich sehe nur Wolken vor meinen Augen ziehen, dieselben wie draußen, nur viel größer und weicher, und mir wird

klar, dass ich selbst genau hinter meinen Augen sitze. Ganz winzig, versteckt, hier findet mich niemand, denke ich erleichtert, und dann sagt er, du hast es doch der Oma versprochen, das weißt du doch, du erinnerst dich doch daran, du und Oma, letzten Mai …
Er nimmt seine alten Hände von mir, schüttelt mich, weil ich mich nicht bewege, schubst mich von der Couch, als wäre er plötzlich sauer auf mich. Ich rapple mich auf und stolpere ins Bad. Es ist nicht einfach zu gehen, wenn man hinter seinen Augen sitzt.

Habt ihr die Sache bereinigt?, fragt Papa, als er mich abholen kommt.
Opa legt seine Hand auf mein Genick. Ich kann spüren, was das bedeutet.
Halt bloß den Mund, heißt das.
Natürlich, sagt er, die Malvina ist ja ein kluges Mädchen.
Dann lässt er mich los.

Bei der Villa ist alles ruhig.
Sehr ruhig. Klatsche ist noch nicht da. Ich lasse mein Rad vor der Lücke im Zaun einfach umfallen und renne durch den Garten, durch das biegsame, verdorrte Gras und die eingetretene Tür und dann die Stufen nach oben, hinauf bis zum Dachboden.
Ich reiße den rosa Vorhang von der Decke, das geht ganz leicht, er segelt herunter wie ein leerer Heißluftballon, hüllt mich ein wie ein Brautschleier.

Der ist echt hässlich, hat Lizzy gesagt, als ich ihn aufgehängt habe.
Sie hat kopfüber an einem Balken gehangen, den Balken in den Kniekehlen, und ich hab gesagt, man wird blöd im Kopf, wenn einem das Blut so lange ins Gehirn läuft, weil Lizzy schon ganz rot war im Gesicht, vom Kopfüber-Hängen, und dann hat sie das kleine Einmaleins aufgesagt, während sie baumelte, als Beweis, dass man nicht blöd im Kopf wird.
Ich trample auf meiner Matratze herum, trample so lange, bis der Bezug reißt und Schaumstoff herausquillt.
Da kommt Klatsche. Er steht ganz still an der Bodenluke und sieht mir zu, wie ich tobe, wie ich meinen Dachboden kurz und klein schlage.
Was glotzt du so?, schrei ich ihn an.
Ich werfe das Erste nach ihm, was ich in die Hände bekomme, es ist eines der Feldmäusekissen, es trifft ihn an der Brust.
Sieh mich nicht so an!, schrei ich und höre, wie meine Stimme sich überschlägt.
In Wirklichkeit ist das gar nicht meine Stimme. Es ist das wilde Summen von Hornissen im Ohr. Das kann er nicht wissen, aber ich weiß es, und ich weiß auch, dass es sich nicht wie Schreien anhört, dafür ist es zu leise. Meine Stimme ist leise und kratzig, als hätte ich Sand geschluckt. Ich kann ihm ansehen, dass er mich nicht ernst nimmt. Das tun sie nie, weil ich nicht richtig schreien kann, nicht so wie Lizzy; die kann eine ganze Straße zusammenbrüllen, wenn sie Lust darauf hat, und sie hat

ziemlich oft Lust dazu, wenn sie wütend wird. Bei mir ist das nicht so. Lizzy meint, das liegt bestimmt an meinen Stimmbändern, aber ich weiß, dass ich mich einfach nicht traue.

Du kannst gleich wieder abhauen!, schrei ich trotzdem und werfe weiter.

Noch ein Kissen und noch eines, dann Kerzen, rote Wachsklumpen, die zersplittern, als sie am Holzboden aufschlagen, alles voll roter Splitter.

Du bist doch gekommen, sagt er.

Einen Moment halte ich inne, spüre, wie mir das Blut in die Wangen schießt.

Sieht so aus, aber ich bin nicht wegen dir gekommen, sage ich, nicht wegen dir, das brauchst du dir nicht einzubilden.

Klatsche nickt.

Ich hab gedacht, du kommst nicht, sagt er.

Er macht einen Schritt auf mich zu, das Wachs knirscht unter seinen Schuhen. Durch die Löcher im Dach weht böiger Wind. Es ist April, Wolkenfetzen treiben über den Himmel, lassen die Sonne kurz aufblitzen, schnelle Schatten auf seinem Gesicht.

Lass mich in Ruhe!, schrei ich ihn wieder an, lass mich bloß in Ruhe.

Der Vorhang hat sich um meine Füße gewickelt, ich trete ihn los, trete wie verrückt um mich, es ist mir egal, was er von mir denkt, Hauptsache, er lässt mich zufrieden und verschwindet, Hauptsache, er rührt mich nicht an.

Was ist bloß los mit dir?, sagt er.

Kurz blitzt ein Bild in meinem Kopf auf, für den Bruchteil einer Sekunde, gleißend hell, so hell, dass es wehtut, meine Oma sehe ich, ihr weißes, gewelltes Haar, das am Kopf klebt wie Seidenpapier, geringelt vor Schweiß, und ihr schwaches, blasses Gesicht mit den gerunzelten Lippen. Das sehe ich ganz deutlich, wie sie meine Hand festhält, sie drückt, so fest sie kann, und das ist nicht fest, es ist, als würde man versuchen, einem Mäuschen die Pfote zu schütteln. Das hab ich gedacht, als hätte ich ein Mäusepfötchen in der Hand.
Nichts ist los, schreie ich, das willst du nicht verstehen, oder?
Er macht noch einen unsicheren Schritt, stopft seine Hände in die Hosentaschen, als würde er darin nach Kieselsteinen suchen, und als er nichts findet, stopft er sie noch tiefer und ballt die Hände in den Taschen zu Fäusten.
Warum machst du alles kaputt?, fragt er.
Die Matratze gibt unter meinen Tritten nach, als würde man in Wolken laufen, Wolken aus bröseligem Schaumstoff und zerrissenem Stoff.
Die Bruchbude reißen sie auch bald ab, äffe ich ihn nach, treffe genau seinen Tonfall, leicht gelangweilt, gleichgültig, ich spüre sogar fast seine Zigarette in meinem Mundwinkel hängen.
Und jetzt verschwinde, sage ich.
Mit den Augen suche ich den Dachboden nach etwas Werfbarem ab. Es liegen noch Dachschindeln herum und lose Bretter mit rostigen Nägeln. Mit so etwas wür-

de nicht einmal Lizzy werfen. Das würde sie sich nicht trauen, das weiß ich, weil ihre Mutter zu uns gesagt hat, wenn wir es mit den Jungs zu weit treiben, kriegen wir ernsthaft Ärger. Mit *zu weit treiben* hat sie gemeint, dass man niemandem wirklich wehtun darf, auch nicht, wenn man wütend ist. Sie hat gesagt, man darf seine Wut an allem auslassen, nur nicht an Menschen, Tieren und Pflanzen, und daran haben wir uns so gut es ging auch gehalten. Lizzy würde niemals mit Dachschindeln werfen. Niemals im Leben.

Vorsichtig, als wäre der Boden mit Scherben bedeckt, als wären die roten Splitter kein Kerzenwachs, tastet er sich zurück zur Treppe. Obwohl ich keine Dachschindel in der Hand halte und auch kein Brett mit rostigen Nägeln. Er verschwindet durch die Bodenluke, die Hände immer noch in den Hosentaschen. Er hat wohl noch nichts davon gehört, dass man auf Treppen die Hände nicht in die Taschen stecken darf, dieser Klatsche.

Wie heißt du?, schreit er zu mir herauf, als er unten ist, ganz unten, vor dem Haus, da, wo er letztes Jahr die Tür eingetreten hat, als ich schon denke, jetzt ist er weg. Endgültig.

Malvina, flüstere ich so leise, dass er es bestimmt nicht hört.

Ich heiße Malvina, flüstere ich mit meiner Stimme, die summt wie tausend Hornissen.

Dienstag

Am Anfang haben die Jungs sich nicht bis zur Villa getraut. Sie sind oben am Hügel, kurz hinter der Siedlung, stehen geblieben und haben mit Ferngläsern zu uns rübergestarrt. Lizzy und ich haben uns hinter den Fenstern versteckt, und ich hab gesagt, warum kommen die nicht her?

Vielleicht glauben die, wir sind ganz viele, hat Lizzy geflüstert und hat über das Fensterbrett gelugt, nur ein bisschen, damit die Jungs sie nicht ins Visier bekamen.

Hinter der Siedlung ist ein runder, sandiger Platz, und dort haben sie mit ihren Rädern Kreise gedreht und mit den Ferngläsern, die hatten sie um den Hals hängen. Wir konnten sie sogar von weitem auseinanderhalten, vor allem deswegen, weil Klatsche vorwiegend auf dem Hinterrad herumgefahren ist.

Der blöde Angeber, hat Lizzy gesagt.

Und Hubba Bubba haben wir erkannt, weil er ein viel zu kleines Rad hatte, ein gelbes Klapprad, mit dem sogar wir uns geschämt hätten.

Mit so einem Rad würde ich keine drei Meter weit fahren, hat Lizzy gesagt.

Ich gab zu bedenken, dass mein Rad auch nicht viel besser wäre, aber Lizzy wollte davon nichts hören. Meines war wenigstens nicht gelb.
Nach einer halben Stunde sind die Jungs wieder zurück in die Siedlung, und Lizzy und ich hielten Kriegsrat, was jetzt zu tun sei. Wir hatten die böse Vorahnung, dass die Jungs nicht in ihrer Siedlung bleiben würden, da wo sie hingehörten, denn Jungs sind in solchen Dingen ganz berechenbar, sie tun immer das, was am meisten Ärger macht, deswegen meinte Lizzy, wir sollten uns wappnen.
Du kannst drauf wetten, dass sie morgen zu uns runterkommen, hat sie gesagt.
Darauf wollte ich gar nicht wetten. Mir wäre es eindeutig lieber gewesen, sie würden uns einfach in Ruhe lassen.
Lizzy wollte auch nicht wetten, sie wollte Taten sehen. Gemeinsam schlichen wir uns aus der Villa, um Fallen zu stellen.
Die dürfen gar nicht erst bis zur Villa kommen, hat sie gesagt und hat einen Rechen mit den Zacken nach oben auf dem Weg zum Haus platziert. Dort, wo das Gras besonders hoch und dicht war.
Na, was sagst du, hat sie gesagt, fällt gar nicht auf.
Und dann haben wir uns vorgestellt, wie die Jungs morgen zur Villa kommen würden, im Gänsemarsch, Klatsche, der Angeber, ganz vorne. Wie sie hintereinander den Weg hoch marschieren würden und Klatsche dann auf den Rechen treten würde.

Autsch, hab ich gesagt und mich ins Gras fallen lassen, neben den Rechen.
Die kommen nicht wieder, hat Lizzy gesagt, das kannst du mir glauben.

Am nächsten Tag haben wir uns beeilt, möglichst früh zur Villa zu kommen, damit uns das Spektakel nicht entgeht, wenn die Jungs in unsere Falle tappen. Wir haben unsere Räder im Feld versteckt, um die Jungs in Sicherheit zu wiegen. Hintereinander sind wir durch die Lücke im Zaun, ich zuerst, dann Lizzy, und so sind wir auch den Weg hinauf, schnell, damit uns niemand sieht.
Hi hi!, hat Lizzy noch hinter mir gesagt und dann nichts mehr, denn dann ist sie auf den Rechen getreten, der hat ein kurzes, surrendes Geräusch in der Luft gemacht und dann einen dumpfen Schlag, und als ich mich umgedreht hab, hat Lizzy im Gras gelegen, auf dem Rücken, und hat sich das Auge gehalten.
Scheiße, hat sie gestöhnt, ganz dumpf, und das war viel schlimmer als sonst, wenn sie losbrüllt.
Das war ich nämlich schon gewohnt, und dass Lizzy nicht brüllt, wenn sie wütend ist oder wenn ihr etwas wehtut, machte die Sache erst richtig bedenklich. Ich hab mich vor sie ins Gras gekniet, neben den Rechen.
Mann, Lizzy, hab ich gesagt, alles in Ordnung, und Lizzy hat sich hin und her gewiegt und hat die Hände auf ihr Gesicht gepresst.
Oh, oh, oh, hat sie gesagt, und ich war sehr froh, dass unter ihren Händen kein Blut hervorkam, damit hatte

ich schon gerechnet, dass sie unter den Händen über und über voller Blut war.
Das mit dem Rechen war wohl keine so gute Idee, hab ich vorsichtig gesagt und hab gewartet, dass sie damit aufhörte, *oh, oh, oh* zu sagen.
Erzähl das bloß niemandem, hat sie dann gesagt, noch bevor sie die Hände vom Gesicht nahm, vor allem nicht meiner Mama, die bringt mich um, du weißt schon, *wer anderen eine Grube gräbt* und so …
Als sie die Hände runternahm, musste ich ihr sagen, ob das Auge noch da war, und wenn ich ehrlich bin, wusste ich das nicht so genau, denn das Augenlid war ganz schrecklich angeschwollen, so dick, dass man unmöglich sagen konnte, ob das Auge da war oder nicht.
Hmm, hab ich gesagt, ich glaub schon, und da hat Lizzy zu heulen angefangen, weil sie vielleicht einäugig war, und das fand ich auch ganz schlimm. Vielleicht einäugig zu sein war nicht lustig.
Sie schleppte sich in die Villa, ins Badezimmer, vor den zerbrochenen dreiteiligen Alibert. Dort konnten wir beobachten, wie sich ihr Auge nach und nach blau färbte. Nicht nur ein bisschen, sondern dunkelblau und violett an den Rändern. Um ihr Mut zu machen, habe ich gesagt, sie könne ja eine Augenklappe tragen, eine schwarze, aber da hat sie erst recht geheult.
Natürlich mussten die Jungs ausgerechnet an diesem Tag von der Siedlung zu uns herunterkommen. Wir konnten das Scheppern ihrer Räder hören, draußen vor dem Gartenzaun.

Schnell, hat Lizzy gesagt und sich energisch die Tränen aus dem Gesicht gewischt, hol mir den Rechen!

Die Wohnung von der Bitschek riecht nach Zimt und Zigaretten; vor ein paar Jahren war ich einmal da, ich hab in ihrer Küche gewartet, bis Oma vom Einkaufen zurück war. Oma konnte die Frau Bitschek auch gut leiden, aber sie hat gesagt, wir dürfen dem Opa nichts davon erzählen, sonst wird er wütend, und so haben wir nichts davon erzählt, dass ich in ihrer Küche gewartet habe, weil Oma sich verspätet hatte.

Als ich heute die Treppen zu Opas Wohnung hinaufrenne, steht ihre Wohnungstür offen, es riecht wieder nach Zimt und Zigarettenrauch, und ich kann die Bitschek drinnen herumräumen hören; dabei redet sie auf ihr Baby ein, auf Polnisch, doch dann sagt sie, du kannst ruhig reinkommen, und ich erschrecke beinahe zu Tode, weil sie mich ja gar nicht sehen kann, aber dann stelle ich den Korb auf der Türschwelle ab und mache ein paar vorsichtige Schritte in den Flur hinein. Im Wohnzimmer läuft der Fernseher, ihr ältester Sohn liegt auf dem Bauch und sieht sich japanische Mangas an, die anderen Kinder, außer dem Baby natürlich, sind unten auf dem Spielplatz. Ich mach gerade Kaffee, sagt die Bitschek, magst du auch?

Ich nicke und folge ihr in die Küche, steige dabei über ausgekippte Legosteine, die über den ganzen Fußboden

verstreut liegen, und setze mich an den Küchentisch unter ein riesiges Bild zweier Engel mit Goldrahmen.
Das sind Schutzengel, sagt die Bitschek, als sie meinen Blick bemerkt, und gießt Wasser in zwei kleine Tässchen; das Baby hat sie zu den Legosteinen gesetzt. Magst nicht zu dein Opa, sagt sie und lächelt mich breit an, sodass ich ihre Goldzähne blitzen sehe, macht nix, mein Schatz, bei mir ist auch schön.
Ich lächle zurück und nippe an meiner Kaffeetasse; ich trinke sonst nie Kaffee, der schmeckt normalerweise ganz widerlich, finde ich, aber dieser hier schmeckt anders, sehr süß und klebrig, und er ist schwarz, tiefschwarz, und in der Brühe schwimmen Kaffeebrösel. Die Bitschek sagt, das ist Mokka, davon trinkt man ganz wenig, denn der weckt die Lebensgeister, und wenn die zu viel geweckt werden, dann kann man nichts anderes tun als den ganzen Tag tanzen, bis die Füße rot und wund sind; das ist ihr schon mal passiert, sagt sie, und da hat sie drei Tage und drei Nächte durchgetanzt, und danach konnte sie drei Wochen nicht mehr richtig laufen. Sie grinst mich wieder an, und ich hab das Gefühl, sie schwindelt gerade ein bisschen, aber vorsichtshalber nehme ich nur ganz kleine Schlucke, damit ich nicht tanzen muss. Durch die Fenster fällt staubiges Sonnenlicht, die Wohnung ist heller als die von Opa, weil sie vorne zur Straße rausgeht und nicht in den schattigen Hinterhof, dafür ist es auch viel lauter, man hört Autos und Lieferwagen und die Leute, die unten am Fenster vorbeigehen und sich unterhalten; wenn man genau hinhört, versteht man jedes Wort, aber ich

schätze, der Bitschek ist das egal, weil ihr Baby ohnehin die meiste Zeit schreit. Jetzt ist es still, es sitzt zwischen den Legosteinen auf dem Fußboden und lutscht an einem Stück Brezel, das es eben unter dem Tisch gefunden hat. Meine Mutter würde ausrasten, wenn sie das sehen könnte, das ist nämlich bestimmt unhygienisch, aber das Baby sieht ganz zufrieden damit aus. Neben dem Baby liegt ein riesiger, rostroter Kater, er sieht mich aus schmalen Augenschlitzen an.

Sei vorsichtig mit Bratko, sagt die Bitschek, als ich meine Hand nach ihm ausstrecken will, und prompt faucht er mich an und schlägt mit gezückten Krallen nach mir.

Er ist ein Teufel, sagt sie, er ist nächstes Leben von mein Onkel, war bitterböser Mensch.

Sie schüttelt traurig den Kopf.

Wie oft sag ich, Jungfrau Maria, warum schickst du zurück mein Onkel Bratko? Warum nicht guten Mensch? Aber – keine Antwort.

Sie schüttelt wieder den Kopf und nippt an ihrem Mokka.

Ich rücke verstohlen ein Stück von dem Kater ab, lasse ihn aber nicht aus den Augen, er blinzelt, dann rollt er sich wieder zwischen den Legosteinen ein.

Warum jagen Sie ihn nicht fort?, frage ich.

Bratko schlägt launig mit dem Schwanz, er sieht nicht aus, als würde er sich davonjagen lassen.

O nein, sagt die Bitschek, jagst du Katze aus dem Haus, jagst dein Glück aus dem Haus … außerdem man muss Verwandtschaft pflegen.

Sie seufzt und kippt den Rest aus ihrer Kaffeetasse mit einem Zug hinunter.
Wenn du fertig bist mit Trinken, musst du so machen, sagt sie und stürzt ihre Tasse auf die Untertasse, mit der linken Hand schwenkt sie die Tasse dreimal im Kreis und sagt irgendwelche polnischen Worte, dann stellt sie die Untertasse auf dem Küchentisch ab und die Tasse vorsichtig daneben.
Siehst du, sagt sie, so ich lese Zukunft aus Kaffeesatz.
Viele Baby, sagt sie und klopft sich mit der flachen Hand auf den Bauch. Ich kann natürlich nichts Besonderes erkennen, außer, dass sie ganz offensichtlich viele Babys hat, das jüngste sabbert auf seine Brezel und brabbelt unverständlich vor sich hin.
Etwas misstrauisch schwenke ich auch meine Tasse, spreche die seltsamen Worte nach, die mir die Bitschek geduldig vorspricht, dann lüfte ich vorsichtig den Kaffeesatz, er klebt fest wie ein kleiner schwarzer Kuchen auf dem Tellerchen.
Aha, sagt die Bitschek, verliebt!
Ich werde schon wieder knallrot und senke den Blick, so ein Quatsch, ich und verliebt!
Sie stochert mit dem hinteren Ende ihres Kaffeelöffels in den dunklen Krümeln herum, ihr freundliches Gesicht ist von tiefen Falten ganz zerfurcht.
Dunkle Wolken, sagt sie, ohne mich anzusehen, sie dreht den Teller in alle Richtungen, beobachtet das dünne Rinnsal, in dem der Mokka sich über das Porzellan verteilt.
Sehr dunkle Wolken, hier junger Mann, Sonnenschein,

da … jemand anders, dunkle Wolken, musst gut aufpassen, jemand will Böses, sagt sie und stellt den Teller zurück auf den Tisch, oh, nicht erschrecken, sagt sie und tätschelt meine Hand, bist du starkes Mädchen.
Dann deutet sie mit dem Kaffeelöffel auf das Fenster hinter sich, sieh hinaus, sagt sie, aber vorsichtig!
Ich pirsche mich zum Fenster, durch einen Spalt im Vorhang luge ich hinaus. Unten dreht Klatsche seine Kreise, eine Runde fährt er auf dem Hinterrad, so wie letztes Jahr, der Rollsplitt knirscht unter seinem Reifen.
Woher wussten Sie das?, flüstere ich, echt beeindruckt.
Ach der, der ist ganze Zeit schon da unten, sagt sie unschuldig, hab ihn vorhin schon gesehen.
Wir grinsen uns an, sie hat riesige gelbe Zähne, da würde nicht mal Perlweiß mehr was helfen.
Jetzt lauf, sagt sie, ich geb dein Opa die Korb.
Ehrlich?, sag ich und spüre, wie sich vom Bauch aus ein Strahlen über mich ausbreitet, über meinen Hals, mein Kinn, mein ganzes Gesicht, ich springe auf und renne aus der Wohnung, die Treppen hinunter, auf die Straße, mein Rad blinkt in der Sonne, und ich kann Klatsche rufen hören.

Hey Zicke!, schreit er.
Dann fahren wir einträchtig nebeneinanderher. Als wir aus dem Hinterhof fahren, glaube ich, Opas Blicke im Rücken zu spüren, aber das ist mir egal, ich bin ein starkes Mädchen, zumindest im Moment, ich trete ein bisschen schneller in die Pedale, um das ungute Gefühl loszuwer-

den, das er mir im Rücken macht; als wir um die nächste Ecke biegen, ist da nur noch Sonnenschein und blauer Himmel. Wir steuern auf die nächste Eisdiele zu, eine winzige Bar mit Fünfzigerjahrefliesen in Hellblau und Rosa und Eisengeländern an der Treppe, auf die man sich setzen kann, während man sein Eis isst. Klatsche kauft ein Spaghettieis mit zwei Löffeln, das wir uns teilen, und der Italiener, der uns bedient, macht blöde Sprüche, *grande amore* und so was, dabei zwinkert er Klatsche zu, mit dem Daumen nach oben, und ich werde den Verdacht nicht los, dass Klatsche hier öfter herkommt. Dann setzen wir uns auf die Stufen, um uns herum warten schon wieder die Tauben auf einen Happen von unserer Eiswaffel, und Klatsche sagt, ich müsse mir wegen des blöden Italieners nichts denken, der rede immer so einen Mist, weil ihm in seiner Eisbude den ganzen Tag langweilig sei. Ich denke mir sowieso nichts, ich lehne mich auf meine Ellenbogen zurück und genieße den Geschmack von Vanilleeis und Erdbeersoße.

Am besten ist die Sahne, sagt Klatsche, die gefriert nämlich und macht Klümpchen.

Wir probieren beide die Sahne und einigen uns darauf, dass der blöde Italiener das weltbeste Spaghettieis verkauft, auch wenn er selber nicht ganz helle ist.

Die Stufen unter meinem Hintern sind noch ganz kalt, meine Mutter würde sagen, davon bekommt man eine Blasenentzündung; im April darf man sich nicht auf den Boden setzen, und barfuß laufen darf man auch nicht, wegen des *r* im Monat, aber zum Glück kann mich meine

Mutter ja nicht sehen, die liegt wahrscheinlich gerade im abgedunkelten Wohnzimmer und hört leise klassische Musik, während mein Vater im Garten Rasen mäht. Wenn er später ins Haus kommt, wird er jammern, dass er immer alles alleine machen muss und dass meine Mutter am Verfall dieser Familie schuld ist. Das sagt er oft, manchmal kann ich sie abends streiten hören. Er sagt: Wir könnten ganz anders dastehen, wenn du dich endlich zusammenreißen würdest, und sie heult und sagt, ihr Kopf zerspringt, er ist schuld, wenn ihr Kopf zerspringt. Ich ziehe mir dann die Decke über den Kopf, damit ich nichts mehr hören muss.

Du bist komisch, sagt Klatsche plötzlich.

Er kratzt mit dem Plastiklöffel behutsam die letzten Eisreste aus dem Becher, dabei sieht er nicht zu mir auf, und mein Gehirn rotiert, weil ich weiß, dass es stimmt, und ich nicht weiß, wie ich ihm erklären soll, dass ich ihn an einem Tag mit Wachsklumpen bewerfe und aus der Villa jage und am anderen Tag mit ihm vor der Eisdiele in der Sonne sitze. Darum sage ich, du bist auch komisch, weil Angriff die beste Verteidigung ist.

Nein, sagt er, ich bin nicht komisch.

Er wirft den Becher samt Löffel in den Müllkorb, der mindestens drei Meter von uns entfernt steht.

Dafür bist du ein furchtbarer Angeber, sage ich und verdrehe die Augen.

Kinder rennen an uns vorbei die Treppe hoch, rempeln uns an, Klatsche rutscht näher zu mir, bis unsere Oberschenkel sich berühren. Ich kann hören, wie der Italiener mit ihnen scherzt, sie wollen Zitroneneis, jeder eine Kugel, das Geld klimpert auf der Theke, und mein Kopf rauscht und meine Beine kribbeln, ich sehe an mir hinunter, meine dünnen Beine in dunklen Jeans neben Klatsches Beinen, er hat wieder Löcher in der Hose, man kann seine Knie sehen und goldblonde Härchen. Ich weiß nicht, was ich mit meinen Händen anfangen soll, und so verschränke ich sie vor der Brust, und ich weiß auch nicht, ob ich will, dass er wieder wegrutscht, oder ob er bleiben soll.

Tja, sagt er, man muss den Mädels schließlich was bieten.

So, sage ich, und deswegen habt ihr uns letztes Jahr schikaniert, da kann ich mir wirklich was Besseres vorstellen.

Ich beiße mir auf die Zunge, denn etwas Blöderes hätte ich nicht sagen können, na ja, zumindest wäre Lizzy stolz auf mich, aber das ist nur ein schwacher Trost. Klatsche sagt gar nichts, er pult an seinen Sneakers herum, anscheinend hat er keine Lust, mit mir über letztes Jahr zu reden.

Gerade als das Schweigen zwischen uns unerträglich zu werden beginnt, sehe ich meine Schwester Anne auf uns zuradeln. Sie hat ein Mountainbike, ein nagelneues, so eines, wo man sich nach vorne lehnen muss, damit man den Lenker halten kann, und das tut sie. Dazu muss man sagen, dass Anne einen ziemlich großen Busen hat, und im Moment hat sie ein Spaghettiträger-Top an, der iPod baumelt um ihren Hals, und ihr blondes Haar weht im Wind. O Mann! Gerade jetzt.

Sie stoppt genau vor uns.
Da bist du ja, sagt sie und sieht neugierig zwischen Klatsche und mir hin und her. Aus ihren Ohrstöpseln kann man nur die Bässe wummern hören.
Papa sucht dich, sagt sie fröhlich, Opa ist scheißgrantig, weil die Bitschek ihm das Essen gebracht hat, und Papa ist scheißgrantig, weil Opa scheißgrantig ist. Du kannst dich auf was gefasst machen.
Sie blinzelt Klatsche mit ihren schwarzgetuschten Eulenaugen an, ich könnte ihr an die Gurgel springen!
Na und, sage ich, weil mir schon wieder nichts einfällt, außerdem will ich mir vor Klatsche keine Blöße geben, der zieht sowieso schon ein ganz komisches Gesicht, wobei ich nicht genau deuten kann, ob er meine Schwester toll findet oder ziemlich schrecklich. Aber die meisten Jungs finden Anne toll, weil sie Brüste hat und blondes Haar und weil sie in der Schule Miniröcke trägt, die kaum über ihren Po reichen und sich auf dem Pausenhof die Lippen nachzieht. Dunkelrot! Einmal hab ich einige Jungs aus meiner Klasse erwischt, wie sie am Fenster von Annes Klassenzimmer hingen, nur weil sich in der Schule herumgesprochen hatte, dass sie an diesem Tag ein bauchfreies Top plus Sport-BH trug. Ich fragte mich, was daran so besonders sei. Die Jungs sagten: Na und, die ist halt ein heißer Feger, als ich sie zur Rede stellte, womit klar war, dass ich kein heißer Feger war.
An deiner Stelle würde ich mal schnellstens zu Hause aufkreuzen, sagt sie, und als ich mich nicht von der Stelle rühre: Na, wird's bald!

Sie schiebt ihren Hintern wieder auf den Mountainbikesattel und dreht eine Runde, vermutlich, damit Klatsche sie von allen Seiten bewundern kann.
An deiner Stelle würde ich mich verpissen, sage ich böse.
Klatsche pult noch immer an seinen Turnschuhen, aber ich kann sehen, dass er grinst. Er drückt seinen Oberschenkel gegen meinen, und ich drücke zurück und fühle mich mit einem Mal richtig gut und lässig. Ich puste mir die Haare aus der Stirn, die Kinder rennen wieder an uns vorbei, die Treppe hinunter, eines der Kinder verliert seine Kugel Zitroneneis auf der Straße und fängt an zu heulen. Nein, nein, nein, schreit es, und der Italiener stürzt aus dem Laden, um es zu trösten.
Du kriegst eine neue, sagt er, keine Sorge.
Meine Schwester wendet ihr Rad, steckt sich die Ohrstöpsel in die Ohren und düst ab.
Süßer Typ, schreit sie über die Schulter, wobei nicht ganz sicher ist, ob sie Klatsche meint oder den Italiener.
Das war meine Schwester, sag ich, obwohl der Kommentar eigentlich überflüssig ist.
Sie ist ziemlich bescheuert, füge ich hinzu.
Ach nee, sagt Klatsche, da wäre ich jetzt selber nicht drauf gekommen.
Ich ziehe mich am Treppengeländer hoch, wippe unschlüssig auf den Fersen.
Wenn du magst, komm morgen zur Villa, sag ich, ich muss jetzt heim und mir meinen Anschiss abholen.

Mittwoch

An dem Tag, als die Jungs ihre Räder vor der Villa ins Gras fallen ließen, rannte ich hinaus und holte den Rechen. Lizzy nahm ihn und sah mir mit ihrem einen Auge fest in meine zwei Augen. Was auch passiert, flüsterte sie, kein Wort, und du kommst nicht raus, versprich es.
Ich versprach es und sah ihr ehrfürchtig nach. Sie würde sich opfern, für uns, für die Villa, ich hatte noch nie etwas Heldenhafteres gesehen, und ich hatte Gänsehaut auf den Armen vor Stolz, so eine tolle Freundin zu haben wie Lizzy. Sie drehte sich um und ging hinaus, den Rechen hatte sie geschultert, und sie sah sehr mutig und entschlossen aus; einen Moment stand sie im Türrahmen, geblendet vom gleißenden Licht eines Sommernachmittags, eine dunkle Silhouette mit einem Speer locker in der rechten Hand, dann fiel die Tür hinter ihr zu, und ich klemmte mich hinter die Klinke, das Ohr am Holz. Die Jungs stiefelten einstweilen den Weg zum Haus hinunter, im Gänsemarsch, ganz vorne Klatsche, dann Pokerface, Pfütze und Hubba Bubba. Unter ihren Schritten brach das vom Sommer ausgedörrte Gras, sonst war kein Laut zu hören. Die Hitze kroch in jeden

Winkel, bald würde die Sonne am höchsten Punkt stehen, und ich bekam schon wieder meine Wut, weil ich an unseren alten Froschteich denken musste, wo jetzt die Reihenhäuser dieser Hosenscheißer standen. Ich sah mich nach einer geeigneten Waffe um, falls es zu einem Zwischenfall kommen sollte, doch da war nichts außer einem zerbeulten Kochtopf, und so drückte ich mein Ohr weiter ans Holz und lauschte.

Halt, sagte Lizzy, keinen Schritt weiter.

Die Jungs hielten inne und starrten, wie Lizzy später erzählte, entsetzt auf Lizzys Gesicht. Zwischen ihnen und Lizzy lagen vielleicht noch knappe fünf Meter. Lizzy schwang den Rechen von der Schulter und platzierte ihn zwischen sich und den Jungs.

Ich würde ihn heute nicht reizen, sagte sie mit leiser, bedrohlicher Stimme, und ich wunderte mich hinter der Tür, was sie wohl damit meinte, und die Jungs wunderten sich auch, denn sie konnten ja außer Lizzy niemanden sehen.

Wen meinst du?, fragte Klatsche, er bedeutete den Jungs mit der Hand, dass sie stehen bleiben sollten, und sie blieben stehen und sahen einander fragend an. Langsam dämmerte mir, was Lizzy vorhatte, wenn ihr Plan fehlschlug, dann … daran wollte ich nicht denken, aber wenn die Jungs darauf hereinfielen … Ich unterdrückte ein Kichern und fluchte ein bisschen, weil ich ja nichts sehen konnte, und ich hätte zu gerne Klatsches Gesicht gesehen und natürlich auch die anderen.

Na ja, sagte Lizzy bedächtig, sieh dir mein Gesicht an, ich

hätte ihm wohl heute besser nicht in die Quere kommen sollen.
Sie machte eine bedeutungsvolle Pause, dann hielt sie den Rechen hoch, an dessen Stielende man mit etwas gutem Willen ein paar Blutstropfen erkennen konnte.
Fang auf, sagte sie und warf den Rechen zu Klatsche hinüber, der ihn geschickt mit einer Hand aus der Luft fing.
Unser Anführer hat heute verdammt schlechte Laune, sagte sie, während die Jungs den Rechen herumreichten, ich würde euch raten, von hier wegzukommen …
Sie beendete den Satz nicht, sondern drehte sich um und witschte zur Tür hinein. Gemeinsam rannten wir die Treppen hinauf, hinein ins Wohnzimmer vom bösen Friederich, denn von da hatte man den besten Blick, wir gingen hinter der Fensterbank in die Hocke und schielten durch das zerbrochene Fensterglas hinunter. Die Jungs standen immer noch ratlos herum und beratschlagten, was zu tun sei. Immer wieder warfen sie Blicke über die Schulter zur Tür hin, und leider konnten wir kein Wort von dem verstehen, was sie sagten.
Die können doch nicht wirklich so doof sein, flüsterte ich und hielt mir die Hand vor den Mund, um nicht laut loszulachen.
Doch, die können, sagte Lizzy, ich find's auch schlimm … Ehrlich, ich hätte nicht gedacht, dass es funktioniert.
Draußen machten die Jungs kehrt, wir beobachteten sie, bis sie zwischen den Feldern verschwunden waren.
Gib mir fünf, sagte Lizzy und ließ sich auf ihren Hintern

plumpsen, weil ihr vom In-der-Hocke-Sitzen schon die Beine eingeschlafen waren.
Später machte Lizzys Mutter die Fotos mit der Augenklappe, die hatten wir in der Faschingskiste gefunden, und Lizzy hatte beschlossen, sie die nächsten Wochen zu tragen. Genau genommen trug sie die Klappe immer noch, als das Auge längst verheilt war.

Als ich in den Hinterhof einbiege, wartet Bratko schon auf mich. Er rollt sich auf dem sonnenwarmen Asphalt hin und her und reckt mir seinen rotgetigerten Bauch entgegen.
Auf dich falle ich nicht rein, sage ich und springe vom Rad.
Er maunzt mich ungehalten an und läuft mir voraus zum Hauseingang, dort bleibt er stehen und pinkelt gegen den Türrahmen.
Wenn das Opa sieht, sag ich zu ihm und bin wieder versucht, die Hand nach ihm auszustrecken.
Oben sehe ich die rundliche Gestalt von Frau Bitschek. Sie hantiert mit irgendetwas vor Opas Wohnungstür, als sie mich bemerkt, fährt sie erschrocken zusammen.
Heilige Mutter, sagt sie, Mädchen, hast mich vielleicht erschreckt.
Schnell versteckt sie die Hände hinter dem Rücken und drückt sich an mir vorbei zu ihrer Wohnung.
Was tun Sie da, frage ich neugierig, hinter Opas Türspion

kann ich eine Bewegung ausmachen, das ist bestimmt Opa, der uns beobachtet.
Die Bitschek winkt mich heran, die eine Hand hält sie noch immer auf dem Rücken versteckt.
Nur Salz, flüstert sie.
Wie, flüstere ich zurück, nur Salz?
Bratko drängt sich an meine Hosenbeine, und ich hab etwas Angst, dass er mich in die Zehen beißt, ich hab nämlich Sandalen an, das erste Mal dieses Jahr.
Streue Salz auf Türschwelle, flüstert die Bitschek, das vertreibt bösen Geist.
Aha, flüstere ich, und das hilft?
Sie nickt heftig mit dem Kopf, sie hat ein rosafarbenes Kopftuch auf und Wickler in den Haaren.
Musst machen bei abnehmenden Mond, dann hilft gut, flüstert sie.
Sie hebt Bratko mit der freien Hand auf und drückt den zappelnden Kater an ihren ausladenden Busen.

Opa ist ziemlich sauer auf mich. Er redet kein Wort mit mir, während ich die Lebensmittel, die Mama mir für ihn mitgegeben hat, in den Kühlschrank räume. Ich lasse mir Zeit, ich mag die Küche, sie ist klein mit bunten Vorhängen vor den Regalen, die meine Oma genäht hat. Sie hat immer gesagt: Damals, als du noch in Abrahams Wurschtkessel warst. Sie hat damit gemeint, dass ich da noch nicht geboren war, als sie die Vorhänge genäht hat, sie sind blau mit roten und gelben Rosen und passen zu der blassblauen Küchenzeile.

Manchmal denke ich, ich war die ganzen Jahre noch nicht geboren, das ist ein komischer Gedanke, ich weiß, und es ist auch ganz schwierig zu erklären. Ab und zu reden Lizzy und ich über früher, weil wir uns ja erst vor vier Jahren kennengelernt haben, und da gibt es schließlich viele Dinge, die man nicht voneinander weiß. Lizzy kann ganz viele lustige Geschichten erzählen, von ihr und ihrer Mama und was sie alles angestellt hat, von den Ohrfeigen, die ihr der Pfarrer verpasst hat, als sie aufs Weihwasserbecken geklettert ist, all so was. Und dann sagt Lizzy, ich soll auch was erzählen, von früher, etwas Lustiges, und das Komische ist dann – mir fällt nichts ein. Also fast nichts, es fühlt sich an, als würde man ein Fotoalbum aufschlagen, das von Hunderten blinden Flecken übersät ist. Ein bisschen kann man noch erkennen, halbe, eingerissene Bilder, aber nichts Richtiges, zumindest keine lustige Geschichte. Das macht mir dann Angst, und ich bekomme ein mulmiges Gefühl am ganzen Körper, ein leises Kribbeln, das sich hinter der Stirn ausbreitet, immer weiter, bis der ganze Körper kribbelt und kribbelt. Wie verrückt. Ich sage dann meistens, dass ich eben nichts Lustiges erlebt habe, und springe auf, damit das Kribbeln aufhört; am besten hört es auf, wenn man schnell läuft, bis man so richtig aus der Puste ist, aber das geht natürlich nicht, wenn ich gerade bäuchlings auf Lizzys Bett liege.
Ich stelle Milch und Butter in Opas Kühlschrank, dann gehe ich hinüber ins Wohnzimmer, Opa sitzt auf seinem Sessel vor dem Fenster, er sieht mich schweigend an, wie ich auf der Türschwelle stehe.

Also dann, sage ich, ich geh dann mal wieder.

Mein Herz klopft ganz schnell, ich kann es schon wieder hören, im Kopf und hinter meiner Stirn macht sich dieses komische Kribbeln breit, ich weiß jetzt, was dieses Kribbeln ist, das wusste ich die ganzen Jahre lang nicht. Dieses Kribbeln ist Angst, ganz scheußliche Angst.

Du enttäuschst mich, Malvina, sagt Opa, ich dachte, ich kann mich auf dich verlassen.

Ich lehne mich mit der Schulter gegen den Türrahmen, weil ich plötzlich Angst habe, dass der Boden unter mir nachgibt, er schwankt ein bisschen, und Opa sieht ganz verschwommen aus, wie wenn man jemanden durch Milchglas hindurch ansieht.

Er redet weiter, redet und redet, von Oma, dass sich die Oma auch auf mich verlässt, oben im Himmel, dass sie auf uns runterschaut und bestimmt weinen muss, weil ich den Opa so alleine lasse und die Polin mit dem Essen schicke.

Was sollen die denn denken, sagt er, die denken doch, bei uns stimmt etwas nicht.

Er macht eine Pause und lässt seinen Blick auf mir ruhen, ich drehe den Henkel des leeren Korbes zwischen den Fingern und versuche, einen Punkt auf dem Teppich zu fixieren. Der Teppich ist dunkelrot mit schwarzen, eckigen Ornamenten und Fransen an den Enden, die hab ich früher immer gekämmt und zu Zöpfen geflochten, so ein Blödsinn, denke ich.

Was ist eigentlich mit deiner Freundin Lizzy?, sagt er.

Ich zucke nur mit den Schultern, weil ich Opa nicht sagen will, dass Lizzy in die Ferien gefahren ist. Das geht ihn nämlich nichts an. Er sagt, Lizzy ist kein Umgang für mich, weil ihre Eltern geschieden sind, und das tut man nicht. Man lässt sich nicht scheiden. Merk dir das, hat er mal zu mir gesagt, man bleibt zusammen, bis dass der Tod einen scheidet. Das fand ich gruselig, dieses *Bis dass der Tod uns scheidet*, da bekam ich immer Gänsehaut auf den Unterarmen, und ich konnte gut verstehen, dass Lizzys Mutter dazu keine Lust hatte. Lizzy sagt immer, ihr Vater ist ein richtiger Tyrann gewesen, und dann hat er etwas mit seiner Sekretärin angefangen, die heißt Annegret und ist dreiundzwanzig, also zwanzig Jahre jünger als Lizzys Papa. Manchmal muss Lizzy zu Annegret und ihrem Vater zum Mittagessen, sie sagt, Annegret spielt sich dann auf, als wäre sie Lizzys Mutter, und das kann Lizzy gar nicht leiden. Lizzys Mutter hat keinen neuen Mann, und Lizzy meint, vielleicht wird sie ja lesbisch, weil sie immer so viel mit ihrer besten Freundin unternimmt, aber da hab ich gesagt, so ein Quatsch, da müssten wir ja schon lange lesbisch sein, und Lizzy hat gesagt, sie würde es cool finden, wenn ihre Mutter lesbisch wäre, schließlich ist das etwas Besonderes, eine lesbische Mutter hat ja nicht jeder.

Was soll mit ihr sein, sage ich.

Opa fixiert mich weiter.

Nichts, nichts, sagt er und lächelt ein bisschen, als wüsste er etwas, das ich nicht weiß.

Solche Freundschaften sind auch nicht für die Ewigkeit, sagt er, plötzlich stehst du ganz alleine da, wenn Lizzy

einen Freund hat, kann ja schnell passieren, heutzutage.
Ich weiß nicht so recht, auf was er hinauswill, ich weiß nur, dass der Boden, der rote Teppich mit seinen Fransen und das ganze Zimmer immer mehr zu schwanken beginnen, je länger Opa auf mich einredet. Schließlich dreht sich alles einmal um sich selbst, und mir wird schwarz vor Augen, was ich noch höre, ist der Knall, als ich mit dem Hinterkopf gegen das Schränkchen im Flur, auf dem das Telefon steht, krache.

Ich liege immer noch auf der Couch, als Papa mich abholt, er hat noch geschnittenes Gras an den Schuhen, vom Rasenmähen. Ich kann hören, wie er sich mit Opa im Flur unterhält. Opa sagt, dass ich einfach so nach hinten umgefallen bin und dass er es für einen Trick hält. Er flüstert, trotzdem kann ich jedes Wort verstehen, und ich frage mich, wie er sich das mit dem Trick so vorstellt, ich meine, niemand schlägt gerne mit dem Kopf gegen ein Telefonschränkchen. Papa ist auch nicht überzeugt, er sagt, die wird doch nicht wie ihre Mutter werden. Er meint damit die Migräne. Noch jemand im Haus mit Migräne, das könnte er nicht ertragen.
Daraufhin springe ich von der Couch, mein Kopf tut etwas weh, da, wo ich gegen die Kante gefallen bin, aber sonst bin ich in Ordnung.
Ich hab keine Migräne, sage ich, und ich kann selber nach Hause fahren.
Mir ist nämlich siedend heiß eingefallen, dass ja Klatsche

vielleicht zur Villa kommt, da kann ich mich nicht von meinem Vater rumkutschieren lassen.

Etwas befangen stehen wir im Flur voreinander, um uns herum hängen lauter Familienfotos in Goldrahmen; auf den meisten bin ich, als Sechsjährige, ich sehe ernst in die Kamera, manchmal sehe ich aus, als wäre ich woanders, ich kann mich noch gut an dieses Gefühl, woanders zu sein, erinnern. Mein Kopf pocht, ich schiebe mich an meinem Vater vorbei zur Tür.

Danke schön fürs Abholen, sage ich, dann bin ich draußen.

Wir treffen uns zufällig zwischen den Äckern auf dem Weg zur Villa. Jetzt wächst da noch nicht viel. Im Sommer ist alles voller Mais und Weizen und Roggen, da kann man Gänge bauen und Labyrinthe und sich verstecken. Jetzt natürlich auch nicht mehr, jetzt bin ich ja kein kleines Kind mehr, aber das mit den Feldern war immer toll. Wir schieben die Räder nebeneinanderher, weil Klatsche einen Platten gefahren hat, ich sage, er soll das Rad doch einfach liegen lassen, aber er hat Angst, dass es geklaut wird.

Wir schieben über den nächsten Hügel, und als wir oben sind, können wir zur Villa hinuntersehen. Vor der Villa stehen Autos, zwei dicke Autos, und Männer laufen herum.

O nein, sage ich, die können doch jetzt noch nicht anfangen.

Jetzt lassen wir doch unsere Räder liegen, ich schließe

Klatsches Rad an meines, damit er keine Angst darum haben muss, dann schleichen wir uns näher. Wir stapfen durch einen frisch gepflügten Acker, immer an einer weißblühenden Schlehenhecke entlang, die den Acker vom nächsten trennt. In der Hecke lärmen die Vögel, sie schwirren vor uns her, Klatsche schleicht geduckt vor mir, sein Pferdeschwanz wippt bei jedem Schritt. Hinter dem Gartenzaun kauern wir uns in eine kleine, von Unkraut überwucherte Mulde, durch die Zaunlücken kann man die Männer gut sehen. Es sind Vermessungstechniker, das weiß ich, weil Lizzys Vater auch so was Ähnliches ist, also jemand, der den Vermessungstechnikern sagt, wo sie vermessen sollen. Sie haben komische Geräte dabei, die wie kleine Zielfernrohre auf Stativen aussehen, und einer kritzelt immer etwas in eine große dunkelbraune Mappe.

Auch in der Villa sind Männer, hinter den leeren Fensterlöchern kann man ihre Gestalten herumgeistern sehen. Ausgerechnet jetzt, wo Lizzy nicht da ist, muss so etwas passieren. Ich hab keine Ahnung, was Lizzy tun könnte, gegen die Männer, dass sie die Villa wegreißen und all das, aber alleine ihre Anwesenheit würde mich trösten. Wenn Lizzy jetzt da wäre, würden wir uns an den Händen halten und Pläne schmieden, wie man den Abriss verhindern kann, da bin ich mir ganz sicher.

In meine Knie bohren sich Steine, und mein Kopf tut immer noch weh.

Stimmt was nicht?, flüstert Klatsche.

Er sieht mich prüfend an, weil ich so unruhig herum-

rutsche und keine bequeme Stellung für meine Beine finden kann.
Du bist ganz käsig um die Nase.
So fühle ich mich genau genommen auch. Käsig.
Nö, alles klar, sage ich, ich bin nur mit dem Kopf gegen ein Telefonschränkchen gefallen, aber sonst ist alles in Ordnung.
Mensch, du hast bestimmt eine Gehirnerschütterung. Du bist echt nicht ganz dicht.
Er lehnt sich mit dem Rücken gegen den Zaun, so können wir die Männer nicht mehr sehen, aber es ist viel gemütlicher. Ich tue es ihm nach, strecke meine Beine aus und bewege meine nackten Zehen in den Sandalen.
Ihh, eingeschlafen, sage ich und bewege sie noch ein bisschen, damit sie wieder aufwachen.
Wie ist das denn passiert, sagt Klatsche. Er kramt schon wieder in seiner Hosentasche nach Zigaretten, als er sie findet, ist gut die Hälfte zerbröselt.
Du bist gut, sage ich, in der Stellung müssen einem doch die Füße einschlafen.
Ich meine doch nicht deine Zehen, ich meine deinen Kopf, du Idiot.
Hinter uns rufen sich die Männer etwas zu, anscheinend klopfen sie an der Villa herum, so hört es sich an, vielleicht tun sie das, damit sie wissen, wo die Villa am einfachsten einzureißen ist.
Ach so, sage ich und überlege, was ich ihm erzählen könnte, weil ich natürlich nicht sagen will, dass ich ohnmächtig geworden bin.

Ich bin gestolpert.
Klatsche zündet sich eine Zigarette an, jetzt fragt er mich gar nicht mehr, ob ich eine will, aber das ist sowieso besser, meine Eltern würden austicken, wenn ich heimkomme und nach Zigaretten rieche. Von Zigaretten bekommt man Lungenkrebs, sagen sie, und Raucherbeine und gelbe Zähne. Meine Tauben ziehen über uns ihre Kreise, die müssen jetzt auch ausziehen, na ja, vielleicht haben sie ja schon eine Stadtwohnung, denke ich, aber ich, wo soll ich dann hin?
Ich rutsche noch ein Stück, bis ich auf dem Rücken liege, weil mir jetzt prompt der Hintern einschläft, außerdem scheint mir so die Sonne ins Gesicht, ich schließe die Augen und verschränke die Hände im Nacken.
Du willst mir nicht sagen, wie du heißt, sagt Klatsche.
Ich schüttle den Kopf, ohne die Augen zu öffnen, ich weiß selber nicht so genau, warum. Wahrscheinlich wegen Lizzy, weil wir uns doch den Schwur gegeben haben.
Der ist geheim, sage ich.
Na gut, sagt Klatsche, dann ist meiner eben auch geheim.
Seine Stimme klingt beleidigt, und ich muss grinsen.
Ich weiß deinen Namen doch schon, sage ich. Klatsche zieht heftig an seiner Zigarette, ich kann das Aufglühen hören.
So, du weißt meinen also schon, sagt er, und seine Stimme klingt noch beleidigter als vorhin.
Ja, du heißt Klatsche, sage ich seelenruhig.
Wir hören Autotüren zuknallen, anscheinend sind die

Männer fertig mit Vermessen, ein Motor wird angelassen, er schnurrt leise, als das Auto umständlich auf dem schmalen Weg gewendet wird. Der andere versucht es gar nicht erst und fährt rückwärts den Feldweg hinauf.
Du spinnst, sagt er.
Die Autos verschwinden in Staubwolken, dann ist es wieder ruhig, und wir rappeln uns auf und kriechen durch eine Lücke im Zaun. Die Männer haben komische Stangen im Boden zurückgelassen, und vor der Villa liegen ein paar Rollen rot-weißes Absperrband, so eines, wie man es auf Baustellen benutzt. Wir sehen uns in jedem Zimmer um, aber in der Villa ist nichts verändert, noch nichts, nur nach den Männern riecht es. Es riecht nach Stadt und Aftershave und Zigaretten. Ich rümpfe angewidert die Nase. Bis ganz oben steigen wir, aber da riecht es ganz normal, so wie immer, nach Holz und Federn und frischer Luft.
Es ist schön mit Klatsche hier oben. Ich mag, wenn er hier ist. Ich mag, wenn wir zusammen an den Balken lehnen und reden. Ich vergesse die Männer und dass die Villa bald abgerissen wird. Klatsche denkt sich Namen für mich aus, wie bei Rumpelstilzchen, er sagt einen Namen, und ich schüttle den Kopf, ich lasse mich nicht erweichen.
Sophie, sagt er, Maria, Johanna, Esther, Juliette …
Er kann gar nicht mehr damit aufhören.
Kunigunde, Gertraud, Heidrun, Heidelinde …
Wir lachen, und ich schüttle den Kopf.
Du kommst nie drauf, sage ich, vergiss es.

Er legt einen Arm um mich, um die Schulter, aber ich winde mich hinaus, ich kann Arme um meine Schultern nicht leiden. Sie machen mir Gänsehaut.
Was hast du, sagt er.
Nichts, sage ich, lass mich.
Er versucht es nicht noch einmal, sieht mich aber ganz komisch an.
Ich mag das eben nicht, sag ich, weil ich das Gefühl habe, ich müsste mich rechtfertigen.
Die Tauben gurren über unseren Köpfen, es wäre alles friedlich, wenn das Kribbeln in meinem Nacken nicht wieder begonnen hätte. Ich klettere in die Balken, um mich abzulenken, Klatsche sieht mir von unten zu, er macht ein freundliches Gesicht, das freundlichste Gesicht, das ich kenne. Er fragt nicht, er ist nur da und sieht mir zu, und ich klettere in die Balken, höher und höher.
Wenn er da ist, habe ich keine Angst zu fallen.

Donnerstag

Kurz nach meiner Einschulung kam Oma das erste Mal aus dem Krankenhaus zurück. Sie trug ein Kopftuch, weil sie keine Haare mehr hatte, und sie wollte nicht, dass ich mich vor ihr fürchtete. Natürlich wusste ich, dass sie keine Haare mehr hatte, nicht ein einziges. Wir standen zusammen in der kleinen Küche, der kleinen blassblauen Küche mit den bunten Vorhängen.

Was ist Krebs?, hab ich gefragt, und Oma hat den Teller, den sie gerade in der Hand hielt, fallen gelassen, zurück in die Spüle, und das Spülwasser hat nach allen Seiten gespritzt, in mein Gesicht und auf ihre Schürze.

Krebs, das hatte ich von meinen Eltern aufgeschnappt, am Tag vorher, da hatte meine Mutter gesagt, der Krebs würde die Oma von innen auffressen, und ich hab mir gedacht, es muss doch möglich sein, so einen Krebs in meiner Oma aufzuspüren. Ich war mir sicher, die mussten etwas falsch machen, die im Krankenhaus wussten nur nicht richtig Bescheid über so einen Krebs.

Oma wischte sich ihre Hände an der Schürze ab und setzte sich zu mir auf den Boden, das machte ihr ziemlich Mühe, wegen der Gelenke, aber wenn Opa nicht da war, saßen wir oft in der Küche auf dem Boden, mit dem Rücken an die blassblaue Küchenzeile gelehnt. Meistens erzählten wir uns alberne Dinge, die wir uns ausdachten, und sahen uns Omas Krampfadern unter den Feinstrumpfhosen an. Krampfadern, fand ich, waren eine ganz wunderbare Sache, etwas Geheimnisvolles, etwas, das man sich ansehen konnte, obwohl es zum Inneren des Körpers gehörte.

Stimmt es, dass der Krebs dich von innen aufisst?, fragte ich leise und folgte einer dieser Krampfadern mit dem Zeigefinger, einer besonders dicken, die sich in immer neuen Knubbeln aufteilte; wenn man mit dem Finger hineindrückte, schwoll sie an, aber das tat ich nicht, weil Oma gesagt hatte, mit den Krampfadern ist nicht zu spaßen.

Ja, das stimmt, sagte Oma genauso leise und zog mich an ihre Schulter, drückte mich und küsste mich auf die Stirn, so wie sie es tat, wenn ich weinen musste oder wenn Papa mich abholen kam.

Der Krebs, sagte sie, ist schon ganz lange in mir drin. Jahrelang. Erst ist er nur ein Gedanke, ein Gefühl, ein unglückliches Gefühl, eine kleine Wunde, die dir jemand zufügt, und wenn du nicht zusiehst, dass du diese Wunde heilst, dann wächst daraus etwas, das größer und größer wird, und dann wird man von innen aufgefressen, weil man die ganzen Jahre nicht auf sich und die kleine Wunde achtgegeben hat. Weil man die ganzen Jahre unglücklich war.

Unter der Wange spürte ich den kratzigen Stoff ihrer Bluse

und ihre magere Schulter. Der Spülschaum fiel knisternd in sich zusammen, leises Platzen von schillernden Bläschen; am liebsten wäre ich einfach aufgesprungen und hätte meine Arme bis zu den Ellbogen in diesen Schaum getaucht, als könnte ich damit das Gesagte wegwischen und den Krebs und alles, was sich so bedrohlich vor uns aufzutürmen schien.

Was tut man denn mit so einer Wunde?, fragte ich, weil ich mir darunter nichts vorstellen konnte, nichts Wirkliches, vielleicht etwas wie einen Schnitt in der Seele, etwas Winziges, Blasses, etwas, das man von außen nicht sehen kann, was man nur spürt, wenn man in der Nacht alleine in seinem Bett liegt und in sich hinein hört. Dann hört man vielleicht das Schlagen des Herzens, zuerst, und dann, hinter dem Schlagen, spürt man etwas anderes, diesen Schnitt, oder vielleicht ist es auch nur ein blauer Fleck, eine Schürfwunde, ein Kratzer.

Man muss ihr zuhören, sagte Oma, und man darf nicht aufhören damit, bis sie das letzte Wort gesprochen hat.

Ich hab nie zugehört, Malvina, sagte sie.

Ein Geräusch aus dem Treppenhaus ließ uns aufhorchen. Damals wohnte die Bitschek zwar schon im Haus, aber es gab keine anderen Kinder, weil die Bitschek gerade mit ihrem ersten schwanger war, sie war sozusagen schon schwanger aus Polen gekommen. Meistens war es ruhig, weil die Leute, die über und unter meinen Großeltern wohnten, auch schon alt waren und keinen Lärm machten. Oma fand es immer schade, dass ich keine Kinder zum Spielen hatte, sie sagte, es gäbe nichts Belebenderes

als das Lachen von Kindern, aber was wir hörten, war kein Lachen, wir hörten Gepolter, als wäre jemand auf der Treppe gestürzt, und Oma wurde weiß im Gesicht, noch weißer, als sie sowieso schon war.
Opa ist betrunken, sagte sie und rappelte sich auf, stieg über meine Beine und schlug die Küchentür zu, ganz schnell, sie drehte den Schlüssel im Schloss, das Gepolter wurde lauter, wir hörten Opa fluchen, weil er das Schlüsselloch nicht traf. Bis zu diesem Tag war Opa noch nie betrunken gewesen, zumindest nicht, wenn ich zu Besuch war, er hatte mir einmal erklärt, dass er eine Strichliste führte, für jedes Glas Rotwein einen Strich, damit er immer wusste, wie viel er schon getrunken hatte. Manchmal komme ich ein bisschen durcheinander, hatte er gesagt und mir dabei zugezwinkert, aber nur ein bisschen, denn zu einem Schöngeist passt Trunkenheit nicht …
Opa ist nie betrunken, sagte ich vorsichtshalber, denn es konnte ja sein, dass Oma sich irrte, aber dann hörten wir ihn wieder fluchen, er sagte schreckliche Dinge und schrie nach meiner Oma, und da wurden wir ganz still, und Oma legte wieder den Arm um mich, keine Angst, flüsterte sie, keine Angst, aber ich spürte, dass sie Angst hatte, und dann traf Opa das Schlüsselloch und stolperte in den Flur.

Am nächsten Morgen schleppe ich mich ins Badezimmer. Mein Kopf fühlt sich schrecklich an, und wenn ich mit der Hand unter meinem Haar taste, finde ich eine große, runde Beule. Ich sperre die Tür ab und beuge mich übers Waschbecken, um mir erst mal kaltes Wasser über den Hinterkopf laufen zu lassen. Mama liegt noch im Bett, und Anne ist joggen. Seit einiger Zeit ist sie ganz versessen auf Fitness, damit sie kein Fett ansetzt, wie sie sagt. Ich glaube eher, sie joggt, damit die Jungs aus der Nachbarschaft was zu gaffen haben. Wenn man sie darauf anspricht, wird sie ziemlich wütend. Lizzy sagt, das ist ein Indiz dafür, dass ich mit meiner Behauptung recht habe. Lizzy kennt sich echt gut aus mit solchen Dingen. Jedenfalls joggt Anne fast jeden Morgen bei uns um den Block, dabei trägt sie schwarze Hotpants und enge T-Shirts, am Schluss ist sie so rot im Gesicht, dass man keine einzige Sommersprosse mehr sehen kann, und wenn ich sie deswegen aufziehe, sagt sie, na ja, du brauchst dir um dein Gewicht natürlich keine Sorgen zu machen, du Bohnenstange setzt ja kein Gramm Fett an. Damit meint sie, dass ich keinen Busen und keinen Hintern habe und in ihren Augen so ziemlich das Unweiblichste bin, das herumläuft.

Ich wickle ein Handtuch um mein klatschnasses Haar und steige aus meinem Nachthemd. Anne hat schon irgendwie recht, ich drehe mich herum und sehe meinen kleinen Hintern im Spiegel an. Vorneherum ist es auch nicht viel besser, man kann die Hüftknochen deutlich sehen, und die Schultern sind auch etwas knochig. Und dann der Busen, also das, was er mal werden soll. Lizzy und ich machen ziemlich oft Busenvergleich, dazu gehen

wir in Lizzys Badezimmer, und Lizzy sagt: Und, was gibt's Neues von der Busenfront? Wir kichern herum und ziehen uns unsere T-Shirts über den Kopf. Wir tun dann so, als würden wir unsere Brüste interviewen, und ich sage zum Beispiel mit der Stimme meiner rechten Brust: Also ich könnte noch etwas Verstärkung gebrauchen, und Lizzy sagt: Das sehe ich ganz genauso, meine Dame. Lizzy ist überhaupt die Einzige, die sich über meinen Busen lustig machen darf, das liegt daran, dass sie selber auch noch nicht viel hat und wir sozusagen im gleichen Boot sitzen, und oft trösten wir uns gegenseitig damit, dass große Brüste gar nicht zu uns passen würden, aber wenn wir ganz ehrlich miteinander sind, hätten wir schon gerne welche und sind sogar ein bisschen neidisch auf Anne.
Aber hoppla – wenn ich heute so in den Spiegel sehe, ist da eine kleine Veränderung, klitzeklein, aber doch. Unter der Brustwarze sieht es nach mehr aus, und wenn ich mit den Fingern dagegendrücke, tut es weh, also mein Busen tut weh, und Lizzys Mutter hat gesagt, wenn der Busen wehtut, dann wächst er. Ich beuge mich ganz nah an den Spiegel, um besser sehen zu können, dann grinse ich mein Spiegelbild an, kein Zweifel, er wächst. Wenn ich das Lizzy erzähle, die wird Augen machen! Ich bin auf einmal ganz aufgeregt, als würde etwas Besonderes in meinem Leben passieren, ich bin mir sogar sicher, dass etwas Besonderes passiert, heute, jetzt gleich, wenn ich aus dem Haus gehe. Ich ziehe ein schwarzes Oberteil und meine Lieblingsjeans an, die ist schon ganz hell und durchgewetzt und leider schon etwas zu kurz; Mama mag

sie nicht besonders, sie sagt, ich sehe darin abgerissen aus. Aber Mama schläft ja noch und sieht mich nicht aus dem Haus gehen. Dann schnappe ich mir den Korb mit den Tupperdosen und meinen Fahrradschlüssel.

Vor dem Gartentor steht Klatsche. Klatsche und Anne. Ich schnappe nach Luft und bleibe auf der Treppe stehen. Sie amüsieren sich köstlich. Anne hat ein bauchfreies Oberteil an, ihre Joggingklamotten, und ihre Hände hat sie in die Hüften gestemmt, sie lacht und wirft den Kopf in den Nacken und schüttelt ihr Haar, es glänzt in der Sonne wie Gold. Ätzend. Klatsche hat seinen Arm auf unsere Gartenmauer gestützt, er lacht auch, ich kann seine schiefe Nase im Profil sehen. Die beiden sind so beschäftigt, sie bemerken mich noch nicht mal. Eine Schrecksekunde verharre ich auf der Treppe, lange genug, um dieses Bild in meinen Kopf zu brennen. Anne und Klatsche. Klatsche und Anne.

Dann taste ich mich vorsichtig zurück in den Flur, schließe die Tür und lehne mich mit dem Rücken dagegen. Mein Herz rast, es klopft wie verrückt gegen meinen Hals.

Dieser Idiot, denke ich, er hat mich nur verarscht, und eigentlich will er was von Anne, so wie alle Jungs. Er trifft sich mit mir, damit er besser an meine Schwester rankommt. Lizzy hatte vollkommen recht, lass dich nicht mit den Jungs von der Neubausiedlung ein, hallt es in meinem Kopf. Vor allem dieser Klatsche …

Ich höre Anne lachen, es klingt affektiert, so wie sie lacht, wenn sie jemanden beeindrucken will; ich kenne dieses

Lachen, letztes Jahr im Herbst haben Lizzy und ich Anne im Rauchereck überrascht. Das ist ein versteckter Ort bei unserer Schule, wo heimliche Liebespaare hingehen und Leute, die rauchen wollen, denn sowohl Rauchen als auch heimliche Liebespaare sind an unserer Schule eigentlich verboten. Wir sind den Trampelpfad hinter der Schule entlanggelaufen, er windet sich durch dichtes Gebüsch und ist übersät von Zigarettenkippen, Schokoladenpapier, Bierdosen, und manchmal kann man auch benutzte Kondome finden. Wir laufen da so, weil Lizzy sich eingebildet hatte, wir müssten das mit dem Rauchen auch mal probieren, sie hatte zwei Zigaretten organisiert, von ihrer Mutter aus der Schachtel geklaut, und die hielt sie in ihrer Jackentasche versteckt.
Es war ein stürmischer Tag, Regen hing in der Luft, und ich bezweifelte, dass wir die Zigaretten jemals anbekommen würden, da trug der Wind ein Lachen zu uns herüber. Lizzy stoppte so plötzlich, dass wir gegeneinander taumelten, wir hielten inne, und da war dieses Lachen wieder. Als wir näher heranschlichen, konnten wir Anne zwischen den Büschen erkennen, sie saß auf dem Schoß eines Jungen, und der Junge saß auf dem Lüftungsschacht, den alle, die dort rauchen oder küssen wollten, als Sitzgelegenheit benutzten.
Ich glaub es nicht, flüsterte ich.
Eine Weile sahen wir zu, wie Anne mit dem Jungen rumknutschte, dann machten wir uns auf den Rückweg. Das mit dem Rauchen hatten wir irgendwie vergessen.
Jetzt lehne ich mit dem Rücken an der Tür, und Annes

Lachen klingt in meinen Ohren. So ist das also, Herr Klatsche, denke ich und beglückwünsche mich zu meiner eigenen Dummheit. Ist doch klar, dass er lieber mit Anne rumsteht und flirtet als mit mir.
Obwohl meine Knie sich wie Gummi anfühlen, schaffe ich es, samt dem Tupperdosenkorb durch unser Haus zu spurten und durch die Terrassentür zu verschwinden. Sollen sie doch, denke ich, während ich über den Gartenzaun klettere, natürlich bleibe ich hängen und reiße ein Loch in den Hosenboden meiner Lieblingsjeans. Sollen sie doch miteinander zur Hölle fahren!

Ziemlich erschöpft erreiche ich Opas Wohnblock, dummerweise konnte ich mein Rad nicht benutzen, das steht jetzt immer noch vor dem Haus, am Treppengeländer angekettet, wo Klatsche und Anne miteinander flirten. Ich habe mir eine Blase gelaufen, an der Ferse, weil Riemchensandalen für lange Spaziergänge zu Fuß nicht geeignet sind. Ich setze mich auf eine Bank am Rand des kleinen Spielplatzes, streife die Sandalen von meinen Füßen und starre vor mich hin. Über mir rauschen die Kastanienbäume im Wind, ihr Duft erfüllt den kleinen Hinterhof. Ich starre auf den Platz, wo früher die Drachenrutsche stand, da ist jetzt nur noch festgestampfte braune Erde, bunte Förmchen liegen herum und ein Bagger aus Plastik, der wahrscheinlich einem von Frau Bitscheks Kindern gehört.
Wie ich da so sitze, ertappe ich mich dabei, wie ich versuche, das Fotoalbum in meinem Kopf umzublättern.

Das mit den vielen blinden Flecken. Vor meinen Augen wächst die Drachenrutsche, und ich sehe mich, wie ich durch den bunten, verschlungenen Leib klettere, ich sehe meine Oma, sie ist klein und trägt einen dunkelblauen, wadenlangen Rock und eine helle Bluse. Sie hat Perlenohrringe in ihren zerknitterten Ohren. Ich versuche umzublättern, aber es gelingt mir nicht. Immer nur dieses eine Bild und nichts anderes. Nicht, wie ich die Treppen hochlaufe, wie ich im Wohnzimmer sitze, und ich denke mir, was zum Teufel hab ich die ganze Zeit getan?
Ein Windstoß fährt durch die Kastanienbäume und lässt weiße Blütenblätter auf mich hinunterregnen, auf meinen Kopf, die Beine, die Arme, in den Korb, der neben mir auf der Bank steht. Mama hat Gulasch gekocht, das sieht in den Tupperdosen ziemlich eklig aus, ich kann gar nicht hinsehen.
Bratko spaziert vorbei, mit einem eleganten Satz springt er auf einen der Müllcontainer und kauert sich am äußersten Rand so zusammen, dass seine Pfoten gerade noch Platz finden, er belauert die Vögel, aber ich wette, er ist viel zu fett, um etwas zu erwischen. Wo Bratko ist, kann Frau Bitschek nicht weit sein, und tatsächlich, eine Minute später schlendert sie über den Hof auf mich zu. Sie setzt sich zu mir auf die Bank.
Schön ruhig, sagt sie, und ich nicke. Ihre Kinder sind in der Vormittagsbetreuung des Müttergenesungswerks, und das Baby schläft oben. Ein weiterer Windstoß fegt die Sandförmchen durcheinander und bläht Frau Bitscheks rotgepunkteten Rock wie einen Ballon.

Frau Bitschek, sage ich, können Sie sich an Ihre Kindheit erinnern?
Die Bitschek sieht mich prüfend von der Seite an.
Aber ja, sagt sie dann.
Wir sehen den Förmchen zu, wie sie über den Sandplatz getrieben werden, Frau Bitschek muss ihren Rock mit den Händen nach unten halten, damit niemand ihre Unterhosen sehen kann.
Und du, sagt sie, was ist mit deiner Kindheit?
Sie sagt das so, als wäre ich erwachsen, als würden wir von Frau zu Frau miteinander reden, das ist ein angenehmes Gefühl. Mit Mama ist das nie so, sie und Anne behandeln mich, als wäre ich ein kleines Kind; meistens hab ich deswegen schon gar keine Lust, mit ihnen zu reden, sie verdrehen die Augen hinter meinem Rücken und werfen sich heimliche Blicke zu, und Anne sagt manchmal, das mit der Pubertät würde ich schon noch überstehen, als wäre mein Alter eine grässliche Krankheit, als wäre ich aussätzig oder so etwas Ähnliches. Lizzy sagt, ich soll mir nichts denken, Anne ist eben eine blöde Kuh, und damit hat sie recht; wenn ich an Anne denke, kriege ich eine Riesenwut im Bauch. Am besten, ich denke nicht an sie, sonst muss ich vielleicht vor Wut platzen.
Ich kann mich gar nicht erinnern, sage ich, ohne den Blick von den Förmchen zu nehmen, und ehe ich mich versehe, erzähle ich diese Sache mit dem Fotoalbum, mit den blinden Flecken, und dass ich oft versuche umzublättern, und das geht nicht. Während ich das erzähle, wird mir bewusst, wie oft ich wirklich an das Fotoalbum

denke. Sehr oft, seit Opa mich geküsst hat, eigentlich jeden Tag. Davon erzähle ich der Frau Bitschek natürlich nichts, ich habe Angst, dass sie genauso reagiert wie Paul und Papa. Ich habe mir geschworen, niemandem mehr davon zu erzählen, weil wahrscheinlich alle Erwachsenen das Gleiche denken, und vielleicht hatte Opa ja recht damit, als er sagte, die anderen meinen, mit mir stimmt etwas nicht. Das Gefühl habe ich ja langsam selber, dass mit mir etwas nicht stimmt.

Die Frau Bitschek hört mir zu, dann schweigt sie lange, bis ich schon denke, sie ist neben mir vielleicht eingeschlafen oder will nicht über blinde Flecken reden.

Dann sagt sie, dein Opa guckt, er steht ganze Zeit hinter Vorhang und guckt.

Ich spüre das altbekannte Kribbeln im Nacken und wage es nicht, mich umzudrehen.

Dein Opa hat bösen Geist, sagt die Bitschek leise, und mein Kribbeln im Nacken wird stärker, weil ich das ganz gruselig finde, einen Opa zu haben, der einen bösen Geist hat.

Bratko springt vom Müllcontainer und trollt sich zu uns herüber, sein Fell ist vom Wind ganz zerzaust, es steht struppig nach allen Seiten ab, gerade so, wie der Wind hineinbläst, er drückt sich an meine Beine und springt dann schnurrend auf Frau Bitscheks Schoß.

So wie Bratko?, frage ich.

Frau Bitschek schüttelt den Kopf und streichelt über Bratkos Rücken, er macht einen behaglichen Buckel und schließt die Augen.

Nein, sagt sie, Bratko ist armer Teufel, kann nicht anders sein, als Natur ihn gemacht hat, aber dein Opa hat Geist.

Sie tippt sich an die Stirn, damit ich verstehe, was sie damit meint. Sie meint, dass er etwas im Kopf hat, zumindest mehr als Bratko.

Er kann entscheiden, ob gut oder böse, und er entscheidet für böse.

Sie fährt fort, über Bratkos Rücken zu streicheln, bis er unwillig mit dem Schwanz schlägt und sich davonmacht.

Die Gedanken wirbeln in meinem Kopf durcheinander, einer der blinden Flecken hat sich plötzlich mit Farbe gefüllt, grellbunte Farben, und nichts verschwimmt vor meinen Augen. Ich sehe den Teppich, den roten mit den schwarzen eckigen Ornamenten, und die Beine meiner Oma, ich sehe die Krampfadern, die sich knotig um ihre Knöchel winden, und ihre hautfarbenen Feinstrumpfhosen, sie steht vor mir, streicht über meinen Kopf, und ihre Stimme hört sich an, als hätte sie gerade geweint. Das war an meinem siebten Geburtstag, denke ich, genau, das war der Morgen meines siebten Geburtstags, und wenn ich den Kopf heben würde, könnte ich eine Torte mit sieben rosa Kerzen auf dem Tisch stehen sehen. Ich bin aus dem Badezimmer gekommen, Opa hat mich noch in einen Bademantel gewickelt, und dann ist er raus, der Bademantel kratzt, er ist aus hellblauem Frotteestoff, ich kann den Bademantel nicht leiden.

Der Opa kann nicht anders, hat Oma gesagt.

Und das war gelogen.
Wir hören lautes Kindergeschrei, Frau Bitscheks Kinder, die von der Vormittagsbetreuung nach Hause kommen, sie stürmen in den Hinterhof und stürzen sich auf Frau Bitschek, die lacht und drückt sie an sich, redet auf Polnisch mit ihnen, wovon ich natürlich kein Wort verstehe.
Sie steht auf und scheucht sie vor sich her.
Soll ich, sagt sie und deutet auf den Korb, aber ich schüttle den Kopf.
Dann bin ich alleine, alleine vor dem Haus, in dem meine Erinnerung Löcher bekam, alleine vor dem Haus, in dem alles begann.

Freitag

Opa stolperte in den Flur, und Oma drückte mich fest mit dem Arm gegen ihren Körper. Ihr Kopftuch war verrutscht, und ich konnte ihre kahle Stirn sehen, die war ganz hellrosa mit feinen Runzeln und zartem weißen Flaum, da wo die Haare begannen, spärlich nachzuwachsen. Von draußen drangen polternde Geräusche zu uns; Opa, wie er versuchte, seine Jacke auf den Ständer zu hängen und ihn dabei umriss, wie er sich die Schuhe von den Füßen streifte und mit nackten Füßen am Teppich hängen blieb.

Schscht …, sagte meine Oma und wiegte mich im Arm, schscht …, es passiert nichts.

Ich verkroch mich in ihrem Schoß, machte mich so klein es ging und presste die Hände auf die Ohren. Trotzdem konnte ich jedes Wort verstehen. Er hämmerte mit den Fäusten gegen die Tür, und jede Erschütterung ließ uns zusammenzucken, Hilda, schrie er, denn so hieß meine Oma, schick sie raus, schick mein Malvinchen raus!

Das schrie er immer wieder, während Oma und ich uns aneinanderklammerten, und ich sagte, dass ich nicht rausgehen würde und dass ich schreckliche Angst habe,

und Oma sagte, du musst tapfer sein, du musst jetzt ganz tapfer sein.
Und irgendwann schickte Oma mich raus. Sie sah mich nicht an dabei, sie öffnete nur die Tür einen Spalt und schob mich hindurch, und Opa fing mich auf, er hob mich hoch und trug mich ins Wohnzimmer.
Mein Malvinchen, sagte er immer wieder, mein Malvinchen.
Ich sagte gar nichts, ich hatte die Augen geschlossen, ich roch Schnaps und Männerschweiß, ich spürte Lichtstreifen über mein Gesicht fallen und dann den samtigen Bezug der Couch, auf die er mich legte. Ich dachte, es würde etwas Schreckliches passieren, weil er so wütend war, vorher, als er bemerkte, dass Oma uns in der Küche eingeschlossen hatte, aber eigentlich passierte nichts, er drückte mich an sich, drückte mein Gesicht in seine Halsbeuge und murmelte wirres Zeug, dass er mich lieb hat und dass ich keine Angst vor ihm haben muss. Er würde mir doch niemals etwas tun, sagte er, das könnte er doch gar nicht, so lieb, wie er mich hat, und er würde mich ja nur im Arm halten wollen, sonst nichts.
Irgendwann schlief er ein, und sein Kopf kippte auf die Seite; einige Zeit später hörte ich, wie Oma die Küchentür leise öffnete, und ich kletterte vorsichtig, damit ich ihn nicht weckte, über Opas lange Beine und schlich mich hinaus, zu Oma in den Flur. Sie weinte und nahm mich an der Hand.
Wir warteten unten, dass Papa mich abholen kam. Wir redeten nicht miteinander, ich kletterte in der Drachen-

rutsche herum, ganz oben, damit Oma mein Gesicht nicht sehen konnte und weil ich mich auf der Rutsche normal fühlte. Ein ganz normaler Tag. Es war nichts Beunruhigendes geschehen, nichts Schlimmes, alles war wie immer.

Das Schlimmste beim Frühstück ist Anne. Sie sitzt mit angezogenen Beinen im Jogging-Outfit auf ihrem Stuhl und wippt mit den Füßen, im Takt zur Musik im Radio. Mama stochert mit Leidensmiene in ihrer Müslischale herum, und Papa liest Zeitung; davon ist Mama immer genervt, weil seine Zeitung jedes Mal die Hälfte vom Tisch einnimmt, aber Papa sagt, sie solle sich nicht so aufregen, das sei nicht gut für ihre Migräne, und die Müslischale brauche ohnehin nicht mehr als zehn Quadratzentimeter Platz.

Ich werfe Anne über den Frühstückstisch hinweg bitterböse Blicke zu, aber das bemerkt sie gar nicht, sie ist viel zu sehr mit sich selbst beschäftigt. Während sie an einem halben Toastbrot herumknabbert, inspiziert sie ihre Haarspitzen auf Spliss. Anne ist ständig in Sorge um ihr Haar, sie verwendet tausend verschiedene Haarkuren, um es vor schädlichen Umwelteinflüssen zu schützen. Lizzy und ich finden das ziemlich albern. Wir schneiden unser Haar selber, ich Lizzys und Lizzy meines, damit sparen wir einen Haufen Geld, von dem wir dann lieber Eis essen gehen.

Meine Hände liegen neben meinem Teller, ich kann nichts essen, mir würde jeder Bissen im Hals stecken bleiben;

am liebsten würde ich Anne anschreien, sie soll ihre Finger von Klatsche lassen, und dann würde ich schreien, dass ich das Album umgeblättert habe, jawohl, gestern habe ich zum allerersten Mal umgeblättert, und ich werde weiterblättern, ich habe das komische Gefühl, dass es leicht sein wird, die richtigen Seiten zu finden und die blinden Flecken mit Farbe zu füllen. Es machte mich unruhig und kribbelig, aufgeregt, weil ich weiß, dass etwas in mir drin schläft, lange Zeit schon, und jetzt ist es bereit aufzuwachen, es dreht sich unwillig herum, gähnt und streckt sich, aber irgendwann wird es die Augen öffnen, und durch diese Augen werde ich sehen. Ich bin sehr nahe dran. Sehr, sehr nahe. Meine Hände kribbeln und mein Nacken, und in meiner Brust ist ein taubes Gefühl, als wäre mein Herz ausgezogen.

Ich gehe nicht mehr zu Opa, sage ich und sehe dabei auf meinen leeren Teller und auf meine unruhigen Hände. Ich bin selbst überrascht über meine Worte, denn das war nicht geplant, sie sind eher aus mir herausgebrochen, wie eine schlecht verheilte Wunde irgendwann aufbricht. Ich spüre die Blicke auf mir ruhen, dann steht Mama auf, sie räumt ihre Müslischale in die Spülmaschine, sie macht unglaublich langsame Bewegungen, die ich aus den Augenwinkeln beobachten kann; als sie fertig ist, lehnt sie sich gegen die Anrichte und sieht aus dem Fenster. Vor dem Fenster steht eines der Vogelhäuschen. Das Radio läuft, Papa blättert in der Zeitung, und Anne betrachtet sehr aufmerksam ihre Haarspitzen.

Ich werde nicht mehr hingehen, wiederhole ich, weil ich

das Gefühl habe, sie haben mich aus irgendeinem Grund wohl nicht gehört. Wieder herrscht Schweigen, und Anne kippt mit ihrem Stuhl nach hinten, hinter ihr steht das Radio im Küchenregal, das dreht sie lauter und summt die Melodie mit.

Was soll der Unsinn, sagt Papa endlich und legt die Zeitung zurück auf den Tisch, Opa freut sich, wenn du ihn besuchst, er ist sehr einsam, seit Oma tot ist. Ich dachte, meine Kinder haben Herzensbildung.

Das mit der Herzensbildung sagt er ziemlich oft, er sagt dann, der und der, die haben keine Herzensbildung, und dass es darauf ankommt. Er verachtet Leute ohne Herzensbildung, und jetzt denkt er, ich habe keine, und deswegen verachtet er mich. Er beugt sich zu mir herüber, er hat ganz stahlblaue Augen, und mit denen sieht er in meine Augen, als könnte er mein Herz sehen, mein ungebildetes kleines Herz, das sich vor Schreck in den letzten Winkel zurückzieht.

Weißt du überhaupt, was Herzensbildung ist?, fragt er.

Ich schüttle den Kopf, weil mein Herz wahrscheinlich nicht mehr da ist, nur noch eine taube Stelle, irgendwo in der Mitte meines Körpers.

Herzensbildung ist, wenn man Mitgefühl hat. Und wenn man einen Menschen nicht im Stich lässt, nur weil er alt und krank ist.

In meinem Kopf ist alles durcheinander, weil sich das, was Papa da sagt, richtig anhört, nur es fühlt sich nicht richtig an, die Sache hat einen Haken, das weiß ich, es ist etwas, das Papa verschweigt.

Anne beginnt, den Tisch abzuräumen, sie quetscht sich an mir vorbei und knufft mich in die Seite.
Da kannst du noch was lernen, sagt sie. Es hört sich bemüht lässig an und so, als würde sie das alles gar nichts angehen.
Es ist schäbig, einen alten Menschen im Stich zu lassen, sagt Papa, und in meinem Inneren rumort es, ich springe vom Tisch auf.
Nein, sage ich, nein, nein, nein.
Ich kann nicht mehr damit aufhören, als wäre in meinem Kopf eine Schallplatte hängen geblieben, und ich werde immer lauter, lauter als das Radio, lauter als die Spülmaschine, die Anne eben einschaltet.
Nein!, schreie ich.
Das ist nicht wahr! Das ist doch nicht wahr!, schreie ich.
Mama hält sich die Ohren zu und läuft aus dem Zimmer, sie ist ganz blass im Gesicht, und ihr Mund ist ein dünner, zusammengepresster Strich, ich kann die Schlafzimmertür zuknallen hören. Sie wird sich im Schlafzimmer einsperren und die nächsten Stunden nicht mehr herauskommen. Daran bin ich schuld.
Papa springt auch auf, einen Moment sieht es aus, als würde er ihr nachlaufen, aber dann bleibt er doch stehen, direkt vor mir. Er ist wütend, seine Schlagader pulsiert am Hals. Anne verzieht sich aus der Küche und lässt mich mit Papa alleine zurück.
Die ist ja echt auf den Kopf gefallen, sagt sie und verdreht beim Hinausgehen die Augen. Sie meint damit die

Sache mit dem Telefonschränkchen, und sie meint, dass ich nicht ganz dicht bin.
Mir schießen Gedanken durch den Kopf, dass er auf mich losgeht und mir mit der Faust ins Gesicht schlägt, ich ziehe den Kopf ein, ducke mich auf meinem Stuhl. Papa steht immer noch vor mir, der Knall von Mamas Schlafzimmertür hallt noch in meinen Ohren.
So, sagt er beherrscht, das alles ist also nicht wahr. Du willst damit sagen, dass ich lüge.
Ich ducke mich weiter und antworte nicht. Über meinem Kopf braut sich das Gewitter zusammen, Papas Gewitter; ich muss daran denken, was Klatsche erzählt hat, dass er den Jungen aus seiner Klasse ins Gesicht geschlagen hat, und ich muss an die Male denken, wo er wütend auf mich war, so wütend, dass er gebrüllt hat, er kann sehr laut brüllen, so laut, dass man sich am liebsten unter dem Tisch verkriechen würde, und ich muss an die Male denken, als er mir ins Gesicht geschlagen hat, ich glaube, ich würde mich nicht trauen, zurückzuschlagen. Auch nicht im Affekt, so wie Klatsche gesagt hat.
Also, beharrt er, was willst du damit sagen?
Nichts, sage ich leise, und habe plötzlich das Gefühl, es stimmt, ich wollte gar nichts sagen, das geht gar niemanden etwas an; das Fotoalbum, all diese Dinge kann ich genauso gut in mir verschließen, begraben, mit einem Vorhängeschloss versehen zurücklassen. Es geht sie nichts an, es geht niemanden etwas an, es geht nicht einmal mich selbst etwas an.
Dann ist ja gut, sagt Papa, dann ist ja gut.

Er setzt sich zurück an den Tisch und nimmt die Zeitung, und ich, ich nehme den Korb, Opa wartet.

Am liebsten würde ich Klatsche nie wiedersehen. Ich schäme mich, dass ich auf seine blöden Spielchen hereingefallen bin. Bei dem Gedanken, dass er es seinen Freunden erzählt, wird mir ganz heiß vor Entsetzen. Ich kann mir jedes Wort vorstellen, das er sagt, ich kann mir sogar vorstellen, was er dazu für ein Gesicht macht. Er wird sich eine Zigarette anzünden und überlegen in die Runde sehen. *In den Osterferien hab ich die Kleine aus der Villa abgezogen*, wird er sagen, *die war so doof, die hat das noch nicht mal gemerkt.* Und seine Kumpels werden wiehern vor Vergnügen. Eine grauenhafte Vorstellung. Wohl oder übel werde ich Lizzy davon erzählen müssen, und die wird nicht gerade begeistert sein. Sie wird auf Rache sinnen.
Anne fängt mich vor der Haustür ab.
Lass mich durch, sage ich, ich trete dir gegen's Schienbein, wenn du mich nicht durchlässt.
Sie zieht die Augenbrauen hoch und grinst.
Autsch, sagt sie in unnatürlich hoher Stimmlage, da krieg ich aber Angst.
Sie verschränkt die Arme vor dem Busen.
Also hör mal, deine Halbstarkenallüren kannst du dir sparen, sagt sie und lehnt sich mit dem Rücken gegen die Tür.
Ich weiß gar nicht, was sie von mir will, ich hab das Gefühl, jeder will bloß seinen Ärger an mir auslassen, ich

muss alles ausbaden, ich muss Mamas Migräne ausbaden und Papas Unzufriedenheit, und dann auch noch Anne. Ich kann ihre schwarzen Eulenaugen gar nicht ansehen und ihren rotgeschminkten Mund.
Mit aller Kraft und ohne weiter zu überlegen, trete ich ihr gegen's Schienbein, ich weiß gar nicht, wo diese Kraft herkommt, aber ich hatte sie gewarnt. Anne heult auf, sie hüpft auf einem Bein durch den Flur.
Du bist ja nicht ganz dicht!, brüllt sie, und ich renne an ihr vorbei hinaus.
Dann erfährst du's eben nicht, brüllt sie, du doofe Tussi!
Es interessiert mich auch nicht, brülle ich zurück, was ihr von mir wollt, interessiert mich nicht mehr.
Mit fahrigen Bewegungen schließe ich mein Fahrrad auf, keine Ahnung, wieso ich so zittere, ich hab keine Angst vor meiner Schwester, aber ich fühle mich, als würde sich ein Abgrund unter mir auftun. Von weit weg höre ich Anne herumtoben, sie schreit, dass sie mich hasst und blaue Flecke an ihrem Bein bekommen wird und dass ich nur Ärger mache. Ich bin eine nichtsnutzige Göre, die nur Ärger macht.
Und was der Junge gesagt hat, brüllt sie, das erfährst du nie! Niemals!

Erst als ich das Rad bei Opa im Hinterhof abstelle, bemerke ich den Zettel, der unter meinem Gepäckträger klemmt. Er ist von Klatsche, das weiß ich schon, bevor ich ihn lese. Er hat eine ziemlich schlimme, krakelige

Schrift, und der Zettel ist knittrig, bestimmt, weil er ihn in der Hosentasche aufbewahrt hat. Ich runzle die Stirn und falte das Papier auseinander.

Wo warst du gestern, steht da, *ich hab dich gesucht. Heute Nachmittag in der Villa?*

Ich zerknülle den Zettel und werfe ihn im Vorbeigehen in den Altglascontainer. Verarschen kann ich mich selber.

Mit festen Schritten gehe ich weiter, die Treppen hoch, an Frau Bitscheks Wohnungstür vorbei, es riecht nach Pfannkuchen, der Fernseher läuft, und das Baby schreit. Ich kann Frau Bitschek singen hören.

Opa öffnet mir die Tür. Malvinchen, mein Malvinchen, sagt er und schließt mich in die Arme.

Wir hören Schallplatten, so wie früher – früher, als Oma noch da war. Die Zeit verschwimmt, und ich bin wieder klein, sehr klein, sodass ich mich auf Opas Schoß zusammenrollen kann. Ich verstehe nichts von der Schallplatte, der Sprecher redet spanisch, aber ich weiß, dass es Nietzsche ist, das hat Opa mir erklärt. Nietzsche ist auch so ein Philosoph, er hat gesagt, dass Gott tot ist. Vielleicht hat er recht, denke ich, als ich mich neben Opa zusammenrolle, denn Gott würde so etwas nicht zulassen. Gott würde dafür sorgen, dass alles in Ordnung kommt. Opa streichelt mein Haar und meinen Nacken, ab und zu springt die Schallplatte, das macht ein komisches knackendes Geräusch, und der Sprecher hat Pause, eine winzige, in der er Atem holen kann. Ich kann nicht Atem holen. Ich liege da und lausche. Ich warte, dass es vorbeigeht. Opa zieht mich hoch, damit mein Kopf auf seinem Schoß liegt, weiter nichts, er streichelt, schiebt seine Hand unter das T-Shirt auf meinen Rücken. Ich schließe die Augen und sehe die Wolken ziehen. Mein Körper ist nicht wichtig, gar nicht wichtig, ich bin leblos, nur meine Gedanken fliegen davon, das allein zählt, denn Gedanken kann man nicht festhalten. Ich kann hingehen, wohin ich will.

Meine kleine Frau, sagt Opa.

Er tastet sich weiter, tastet nach meiner Brust, es macht nichts, es macht gar nichts, er kann tun, was er will, solange er meine Gedanken nicht anrührt.

Wie früher, sagt er, weißt du noch.

Da halte ich mir die Ohren zu, ich presse die Hände auf die Ohren, ich summe das Lied von heute Morgen im Radio, ich weiß nichts, ich kann mich nicht erinnern, und ich werde im Album nicht weiterblättern. Alles, nur das nicht, das fällt mir jetzt ein, und dieser Gedanke vertreibt die Wolken aus meinem Kopf wie ein eisiger Luftzug, der durchs Zimmer fegt und die Seiten eines Buches durcheinanderbringt, meines Buches, einzelne Fotos fallen heraus, gleiten durch meine Hände, und Entsetzen kriecht durch meinen Körper.

Wir waren doch so glücklich miteinander, wir drei, du, die Oma und ich. Jetzt gibt es nur noch uns beide; er zieht mir die Hände von den Ohren, damit ich auch jedes seiner Worte verstehen kann.

Wir waren doch so glücklich miteinander.

Ich höre mich selbst atmen, die Schallplatte dreht sich, der Sprecher liest mit seinem monotonen Singsang

immer weiter und weiter, und Opa küsst meinen Hals, meine Schultern, er merkt nicht, wie ich unter seinen Küssen zu Eis gefriere.
Wir können wieder so glücklich werden, sagt er, und seine Stimme hört sich aufgeregt an, atemlos.
Wir müssen nur aufpassen, dass niemand es erfährt, sie würden dich von hier wegbringen, verstehst du das, Malvinchen, sie würden uns auseinanderbringen, sie würden sagen, dass du nicht richtig bist … Sie würden dich verurteilen.
Seine Stimme dröhnt in meinen Ohren. *Wegbringen*, hallt da, *verurteilen, du bist nicht richtig, wir können wieder so glücklich werden wie damals, wir zwei.*
Erinnerst du dich, wie schön es war, sagt Opa.
Ich schüttle den Kopf, und er lacht, er hält das für einen Scherz, er rüttelt mich sanft und lacht.
Was soll das, Malvinchen, sagt er lachend, du musst dich doch erinnern können.
Von draußen wird an die Wohnungstür geklopft. Opa hält inne, dann steht er auf, marschiert zur Tür, er sieht ärgerlich aus, er macht einen ganz straffen Rücken. Er öffnet die Tür.
Was wollen Sie, sagt er mit sehr harschem Tonfall.
Die Bitschek antwortet leise, freundlich, sie sagt, ich müsse ihr helfen, den Kinderwagen hinunterzutragen, sie sagt: Bitte, und dass er zu schwer ist für sie, sie hat einen Hexenschuss; das Wort Hexenschuss wiederholt sie ein paar Mal, um sicherzugehen, dass Opa sie versteht. Ich streiche mein T-Shirt glatt.

Die Platte ist sowieso zu Ende, sage ich zu Opa.
Er ist sehr ärgerlich, aber er muss mich gehen lassen. Wir tragen den Kinderwagen die Treppen hinunter, ich verabschiede mich schnell, die Bitschek sagt, ich soll sie besuchen kommen, morgen oder so, ich sage: Mal sehen, und weiche ihrem Blick aus.

Samstag

Lange ließen sich die Jungs letzten Sommer, trotz Lizzys Trick, nicht hereinlegen. Wenn wir dachten, sie würden sich von einem erfundenen Bandenchef abschrecken lassen, hatten wir uns gründlich getäuscht.

Ein paar Tage strichen sie um die Villa herum und hielten Ausschau nach uns und unserem Anführer. Lizzy und ich sahen zu, dass wir möglichst früh zur Villa kamen, früher als die Jungs, damit sie uns nicht hineingehen sahen, zu zweit. Im Grunde erwies sich Lizzys Trick als ziemlich blöde. Wir saßen den ganzen Tag in der Villa herum und warteten darauf, dass die Jungs auftauchten, die Hitze war unerträglich, vor allem auf dem Dachboden, und wir langweilten uns bei der Warterei fast zu Tode. Als sie sich dann an einem Tag bis zum frühen Nachmittag gar nicht blicken ließen, platzte uns der Kragen. Wir waren in die Balken geklettert, um den Weg zur Villa im Auge zu behalten, und Lizzy hatte sich auf den Schultern einen bösen Sonnenbrand eingefangen.

Mir reicht's, schimpfte sie, sie zupfte an ihrem Unterhemd herum, das scheuerte nämlich auf ihren verbrannten Schultern.

Was meinst du, die kommen doch nicht mehr, die wollen uns doch hier oben braten lassen, sagte Lizzy, und wetten, die sind währenddessen beim Baden.

Wir balancierten über die Balken zurück und ließen uns auf meinen Matratzenberg hinunterfallen, dazu muss man gut zielen können und man muss den Mut haben zu springen. Wenn man nicht richtig trifft, kann man sich ganz schön wehtun. Ich hab mir mal den Knöchel verstaucht deswegen, trotzdem springe ich immer wieder. Schließlich bin ich keine Memme. Lizzy ließ sich zuerst fallen, die Federn stoben aus den Kissen und sahen aus wie Schneeflocken mitten im Sommer. Bevor ich sprang, warf ich noch einen Blick über die Schulter, zur Siedlung hinüber, aber ich schwöre, da war niemand, zumindest keine Jungs mit Fahrrädern. Ich plumpste hinunter und wünschte, die Federn wären wirklich Schneeflocken, so heiß war es.

Wir könnten auch baden, schlug ich vor, denn dazu hatte ich am allermeisten Lust, fast noch mehr Lust, als mich mit den Jungs herumzuschlagen.

Da Lizzy auch am meisten Lust auf Baden hatte, befanden wir uns sozusagen in einem Dilemma. Baden gehen und die Villa im Stich lassen oder hier oben langsam rösten. Eine Weile wogen wir die Gründe gegeneinander ab, kamen aber zu keiner richtigen Entscheidung, bis Lizzy die rettende Idee hatte.

Hinter der Villa stand nämlich ein altes hölzernes Regenfass, dahinein floss das Regenwasser, das sich in der Regenrinne sammelte, und es wäre bestimmt ein Mordsspaß, sich da hineinzusetzen, meinte Lizzy. Natürlich würde es nicht ganz so gut werden wie in unserem alten Froschteich, aber einen Versuch war es wert. Also rannten wir hinaus in den Garten, die Sonne brannte auf uns hinunter, durch die Blätter der Obstbäume hindurch. Bald würden die Kirschen reif sein und danach die Äpfel und Zwetschgen, wenn die Zwetschgen reif sind, ist der Sommer vorbei.

Wir schlüpften aus unseren kurzen Hosen und den Unterhemden – wir fanden es in diesem Sommer nämlich sehr cool, gerippte Männerunterhemden zu tragen – und hängten sie über den untersten Ast eines Apfelbaumes, der nur wenige Meter vom Wasserfass entfernt stand. Im Wasserfass schwamm eine ziemliche Brühe, das Wasser war braun und roch brackig, zudem war es über und über mit kleinen, hellgrünen Wasserlinsen bedeckt, es war unmöglich, auf den Grund hinabzusehen, aber wir fanden, das erhöhte den Einsatz noch. Es war fast eine Mutprobe, in das Fass zu steigen. Zuerst stocherten wir mit einem Stock in das Fass und wirbelten die Wasserlinsen durcheinander, schließlich wollten wir nicht auf einen toten Vogel treten, der irgendwo auf dem Grund herumdümpelte, und ich meinte, wir sollten zumindest die Schuhe anbehalten, nur für den Fall, dass wir etwas Ekliges übersehen hätten, und Lizzy stimmte mir zu, denn dieses Risiko wollte sie auch nicht eingehen.

Iihhh, kicherte sie, vielleicht treten wir ins Nasenloch vom bösen Friederich!

Diese Vorstellung fanden wir beide so scheußlich, dass

wir unsere Beine, die mittlerweile schon im Wasser hingen, schnellstens zurückzogen.
Quatsch, sagte ich, da müsste der böse Friederich ja geköpft sein.
Von seiner Frau, die hatte ihn bestimmt satt, sagte Lizzy, so schlimm, wie der aussah.
Vorsichtshalber stocherten wir nochmal mit dem Stock, und als wir kein Nasenloch oder etwas Ähnliches entdeckten, kletterten wir über den Rand in die Tonne.

Ich träume von dunklen Gängen, die ich entlangrenne, von meiner Oma, die an Schläuchen hängt, mit Elektroden auf der faltigen Brust, sie streckt ihre Hände nach mir aus, und ich renne und renne und renne. Morgens wache ich schweißgebadet auf, beim ersten Licht, das in mein Zimmer fällt, dann springe ich aus dem Bett und stelle mich unter die Dusche, ich muss sehr heiß duschen, um die Träume abzustreifen. Ich sehe mich nicht mehr im Spiegel an, nicht nackt, mein eigener Körper ist ein Verräter. Wenn ich geduscht habe und dann in Bewegung bleibe, ist alles kein Problem. Nur innehalten darf ich nicht, nicht nachdenken.
Das andere Problem ist Klatsche. Klatsche nervt. Das sage ich ihm auch, als ich ihn dabei erwische, wie er mir in Opas Hinterhof auflauert, versteckt hinter dem Altglascontainer, aber ich entdecke ihn schon, bevor er mich entdeckt, ich kann ihn riechen. Er raucht schon wieder,

und der Rauch zieht in meine Nase. Klatsche erschreckt sich halb zu Tode, als ich ihn anspreche, das geschieht ihm recht, schließlich habe ich ihn nicht darum gebeten, mir ständig nachzulaufen.
Mann, sagt er, schleich dich doch nicht so an!
Heute ist es noch wärmer als die letzten Tage. Bald ist Sommer, bald kann man wieder baden und barfuß laufen. Klatsche hat kurze, ausgefranste Jeans an, das sieht irgendwie lustig bei ihm aus, weil er O-Beine hat. Ich ziehe trotzdem ein böses Gesicht, damit er gleich weiß, dass ich nicht zum Plaudern aufgelegt bin.
Ich tue, was ich will, außerdem kann ich es nicht leiden, dass du mir nachspionierst. Das nervt, sage ich.
Klatsche grinst, er drückt die Zigarette an seinem Schuh aus und wirft sie in den Container, ihm ist es anscheinend egal, wenn der Container abbrennt und er daran schuld ist, ich hätte jedenfalls keine ruhige Minute mehr.
Was ist, sagt er, fahren wir zur Villa?
Er scheint sich nicht zu wundern, warum ich ihn gestern versetzt habe, und er hat auch ganz offensichtlich kein schlechtes Gewissen wegen Anne. Lizzy würde sagen, da sieht man mal, wie abgebrüht diese Jungs aus der Siedlung sind, die würden deine Großmutter beklauen und dir danach ins Gesicht lachen. Jedenfalls habe ich fest vor, mich nicht mehr von Klatsche an der Nase herumführen zu lassen. Soll er doch die Ferien mit anderen Leuten verbringen. Zum Beispiel mit Anne, die würde sich wahrscheinlich liebend gerne den Arm um die Schultern legen lassen und würde nicht rumzicken.

Ich habe keine Zeit, sage ich spröde.
Ich dachte, wir haben Osterferien, sagt er und stopft seine Hände in die Hosentaschen. Das tut er immer, wenn er unsicher wird.
Ich muss mich um meinen Opa kümmern, sage ich.
Meiner Meinung nach ist es immer das Beste, ganz nah bei der Wahrheit zu bleiben. Je näher, desto besser. Solche Lügen werden fast nie aufgedeckt, weil es viel zu einfach wäre.
Aha, sagt Klatsche, das ist gelogen.
Ich werde feuerrot im Gesicht, und Klatsche sieht mir voller Genugtuung dabei zu.
Er ist krank, sage ich und werde noch röter.
Klatsche schüttelt den Kopf.
Jetzt sag ich dir mal was, sagt er, ich stehe hier schon seit ungefähr eineinhalb Stunden. Ich kenne deinen Opa. Er ist groß und dünn und trägt eine Augenklappe, er ist also nicht zu übersehen. Vor ungefähr fünfundvierzig Minuten ist dieser Kerl an mir vorbeigegangen. Er kam von da drüben und hatte eine warme Leberkässemmel und eine Flasche Apfelsaftschorle in der Hand. Er hat mich angemacht, von wegen ich soll hier nicht faul herumlungern, und ich hab gesagt, er soll sich verpfeifen und mich in Ruhe lassen. Was ich dir damit sagen will: Der Typ ist nicht krank und nicht am Verhungern, darum verstehe ich nicht, warum du dich in deinen Osterferien um ihn kümmern musst.
Du hast zu ihm gesagt, er soll sich verpfeifen?, sage ich fassungslos.

Klar, sagt Klatsche, ich darf doch herumlungern, wo ich will, und außerdem war ich mir ziemlich sicher, dass du hier früher oder später mal auftauchst.
In meinem Kopf spulen sich die verrücktesten Dinge ab. Warum wartet Klatsche hier auf mich, wenn er doch gestern mit Anne geflirtet hat. Warum beobachtet er meinen Opa, und wie kann er sich nur trauen, zu meinem Opa zu sagen, dass er sich verpfeifen soll. Das würde ich mich nie trauen. Niemals! Ich hätte viel zu viel Angst, dass Opa böse wird und mich anschreit, so wie er oft Oma angeschrien hat.
Also, kommst du jetzt mit, sagt Klatsche, ich kann ihm den Korb bringen, ich gehe hoch und sage, hier, der ist von Ihrer Enkelin und jetzt sehe ich zu, dass sie nicht länger bei Ihnen herumlungert.
Klatsche streckt seine Hand nach dem Korb aus, und ich trete einen Schritt zurück.
Das geht nicht, sage ich und überlege fieberhaft, was ich Klatsche erzählen könnte. Er und Opa dürfen nicht ein zweites Mal aufeinandertreffen. Klatsche darf überhaupt nie wieder hier aufkreuzen. Opa wird schrecklich wütend werden, wenn er aus dem Fenster sieht und uns hier unten entdeckt. Noch schlimmer wäre, wenn Klatsche etwas über Opa herausfinden würde. Wenn er das herausfinden würde, was ich in meinem Herzen verschlossen aufbewahre. Er würde mich verabscheuen, er würde mich hassen, er würde es seinen Freunden erzählen, und die würden es Lizzy erzählen. Vielleicht würde Lizzy mich auch hassen und sich eine neue beste Freundin suchen.

Du darfst nicht mehr herkommen, sage ich und spüre, wie die Welt sich um mich herum wieder zu drehen beginnt. So wie vor zwei Tagen, bei Opa im Wohnzimmer. Der Boden schwankt unter meinen Beinen, und ich sehe schwarze Flecken auf Klatsches Gesicht, die werden größer und größer, so groß, dass von Klatsches Gesicht nicht mehr viel übrig ist.

Eigentlich, denke ich, ist dieses Ohnmächtig-Werden gar nicht so übel. Ich könnte zum Beispiel ohnmächtig werden und nie wieder aufwachen, oder ich könnte ohnmächtig werden und ins Krankenhaus kommen, ich könnte ein paar Jahre im Krankenhaus unter einer Bettdecke verbringen, bis ich erwachsen bin, Opa tot ist und alle Dinge von selbst geregelt sind.

Bevor ich wieder umfalle, zieht Klatsche mich hinter den Container, in einen Goldregenstrauch, und ich lasse mich auf meinen Hintern plumpsen.

Du musst deinen Kopf zwischen die Knie stecken, sagt er.

Ich stecke meinen Kopf zwischen die Knie und hoffe, dass das Drehen aufhört.

Das kommt bestimmt von der Gehirnerschütterung, sagt er, du hättest mal besser zum Arzt gehen sollen.

Mir geht's gut, sage ich.

Das sehe ich, sagt Klatsche, du bist noch käsiger als vorgestern, du siehst echt scheiße aus, wenn ich ehrlich bin.

Hinter uns schleicht Bratko durch die Büsche, es knackst und raschelt, und Bratko miaut ganz jämmerlich, als hätte er schlimmen Kummer, aber wahrscheinlich hat er bloß

Hunger, die Bitschek hat ihn auf Diät gesetzt, und seitdem ist er noch unleidiger als sonst. Sie hat gesagt, er stirbt sonst an Herzverfettung, wenn er nicht abnimmt.
Ich bleibe mit dem Kopf zwischen meinen Knien sitzen und antworte nicht. Ich bin Klatsche schließlich keine Rechenschaft schuldig, ich will noch nicht mal mit ihm reden, ich will nur, dass er mich in Ruhe lässt, dass er abhaut und keine Fragen stellt. Meinetwegen kann er mit Anne flirten, dann hat er was zu tun und kann seine Nase nicht in meine Angelegenheiten stecken.
He, lebst du noch, sagt er und stupst mich vorsichtig an.
Ich schüttle den Kopf und spüre, wie meine Augen sich mit Tränen füllen, ich versuche sie wegzuzwinkern, aber das funktioniert nicht richtig; na toll, jetzt kann ich hier bleiben, bis ich Moos ansetze, ich will nicht, dass er mir beim Heulen zusieht, das darf nur Lizzy und sonst niemand. Früher durfte das auch meine Oma, seit sie tot ist, habe ich überhaupt selten geheult.
Lass mich einfach zufrieden, sage ich und presse mein Gesicht auf die Knie.
Ich bin völlig in Ordnung, verstehst du, ich will nur meine Ruhe haben, sonst nichts. Du kannst ja was mit Anne unternehmen, mit der verstehst du dich ja sowieso ganz toll.
Diesmal sagt Klatsche nichts, ich kann ihn nur atmen hören. Bratko wälzt sich vor uns im Dreck, wahrscheinlich will er sich so an der Bitschek rächen, das würde ihm ähnlich sehen.

Mein Opa kann fremde Leute nicht leiden, der ist da voll eigen, sage ich.
Ich höre mein Blut in den Ohren rauschen, wenn du nicht aufpasst, flüstert es, kriegt er alles raus, wenn du jetzt rumheulst, wird er nicht zu fragen aufhören. Er wird hier neben dir sitzen bleiben, bis du ihm alles erzählt hast, was du weißt, an was du dich erinnerst, und dann, was ist dann? Dann wird er damit losziehen, er wird seine Klappe nicht halten können.
Du willst mich verschaukeln, sagt Klatsche, was soll ich denn mit deiner Schwester. Und dein Opa ist mir egal, schließlich will ich mit dir zur Villa und nicht mit ihm. Du erzählst lauter Mist. Soll ich dir sagen, was ich glaube?
Mein Herz setzt vor Schreck einen Schlag aus. Jetzt kommt es, jetzt sagt er es, denke ich. Er wird sagen, dass ich nicht normal bin und dass er über Opa Bescheid weiß, er wird all diese unaussprechlichen Dinge aussprechen und mir an den Kopf knallen. Es wird nichts nützen, wenn ich mir die Ohren zuhalte, er wird hier alles ans Licht zerren, hier, hinter dem Altglascontainer in einem Goldregenbusch.
Du kannst es ruhig sagen, wenn du mich nicht leiden kannst, sagt er, wegen letztem Sommer.
Das Gedankenchaos in meinem Kopf wird immer schlimmer, ich kann kaum mehr zuhören und will nur noch alleine sein. Alleine und in Frieden. Was will er denn von mir? Ich verstehe nicht, wie er von letztem Sommer anfangen kann.
Du erfindest lauter Ausreden, weil du mich in Wirklich-

keit vielleicht nicht leiden kannst. Aber ich hab nicht gedacht, dass du so ein Feigling bist, ich hab gedacht, du traust dich alles, und jetzt lügst du und lügst und lügst. Ich gehe vielleicht in die Gesamtschule und du ins Gymnasium, aber deswegen bin ich nicht blöde, sagt er, du könntest wenigstens zugeben, dass du mich nicht magst.

Ich schweige hartnäckig. Er hat nichts begriffen. Die Erleichterung breitet sich in Wellen in mir aus. Er weiß nichts, er ist völlig ahnungslos.

Ich gehe nicht weg, vorher, sagt Klatsche, wir waren letztes Jahr ziemlich fies zueinander, aber das ist doch lange her, ich bin doch auch nicht sauer wegen …

Er bricht ab und redet nicht weiter.

Lass mich doch einfach in Ruhe, sage ich.

Ich weiß, dass meine Stimme sich gepresst anhört, und wenn Klatsche eins und eins zusammenzählen kann, merkt er natürlich, dass ich, sobald er weg ist, wie verrückt zu heulen anfangen werde. Er steht auf und hält etwas unschlüssig vor mir inne, seine Turnschuhe sind genau in meinem Blickfeld. Die Turnschuhe mit den verschiedenfarbigen Schnürsenkeln, die sehnigen, krummen Waden, die fransigen Jeans, ich befürchte, er bleibt ewig so stehen, doch dann entfernen sich seine O-Beine, der Goldregen schlägt hinter ihnen zusammen.

Das war's dann wohl, sage ich leise zu Bratko, den sind wir los.

Der Kater zwinkert mir zu, dann schüttelt er sein staubiges Fell, und ich fange zu heulen an.

Sonntag

Wir waren glücklich. Ich fing an, Klavierunterricht zu bekommen, jeden Freitag. Ich trödelte auf dem Heimweg herum, aber eigentlich brauchte ich ja bloß über die Straße zu gehen, und da waren Oma und Opa. Omas Haare wuchsen, sie musste kein Kopftuch mehr tragen, und Opa sagte, das wäre mein Verdienst. Ihre Wangen bekamen wieder Farbe, aber ihre Augen blickten leer an mir vorbei. Wir saßen nicht mehr zusammen auf dem Küchenfußboden und redeten, und ihre Berührungen waren hölzern. Wenn ich vom Klavierunterricht kam, öffnete sie die Tür. Auf dem Wohnzimmertisch stand Vanilleeis, das langsam in seinem Glasschälchen zerfloss, ich rührte mit dem Löffel darin herum, bis eine breiige Masse entstand, und Oma sagte: Iss, bevor er kommt. Wenn er nach Hause kam, versteckte ich mich hinter der Couch. Er hielt das für ein Spiel, ein Spiel, das ich gern spielte. Mir zuliebe tat er so, als würde er mich nicht finden. Er suchte die Wohnung ab, Zimmer für Zimmer, obwohl er genau wusste, dass ich hinter der Couch kauerte, es gab kein anderes Versteck, ich wartete immer hinter der Couch. Er lief durch die Wohnung.

Wo ist mein Malvinchen, sagte er, wo ist es?
Er begann in der Diele, dann klapperte er in der Küche herum, sah in die Schränke, zwischen die Töpfe, im Schlafzimmer in den Kleiderschrank, hinter die Vorhänge, er ließ sich Zeit, aber nie genug Zeit, er fand mich, lange bevor jemand zum Abholen kam. Papa oder Paul oder Anne. Mama kam sowieso nicht, und die anderen kamen immer zu spät.
Nachdem er in jedem Zimmer nachgesehen hatte, kam er ins Wohnzimmer, ich konnte seine braunen Pantoffeln sehen, wie er damit über den Teppich schlappte, zuerst sah er hinter den Sessel, aber da war ich nicht. Er öffnete das Fenster, ist mein Malvinchen davongeflogen, sagte er. Dann kniete er sich vor die Couch, langsam, weil ihm die Knie wehtaten, seine Gelenke machten komische Geräusche, und er seufzte ein bisschen, damit ich merkte, wie viel Mühe er sich meinetwegen gab. Er schob seinen Kopf in den Spalt unter die Couch, da war es dunkel und staubig, weil Oma sich zum Putzen nicht mehr bücken konnte, Staubmäuse nannte sie die flusigen, runden Bällchen, die unter ihren Möbeln herumwirbelten. Er wartete, bis sein Auge sich an die Dunkelheit gewöhnt hatte.
Ah, da sehe ich etwas, sagte er, was kann das nur sein. Ein kleines Malvinchen vielleicht.
Damit war das Spiel aus, und ich kletterte über die Lehne, ich ließ die kleine Malvina hinter der Couch zurück, sie verharrte regungslos zwischen den Staubmäusen, sie ließ die Zeit rückwärts laufen, sie saß mit ihrer Oma auf dem

Küchenfußboden und erzählte Geschichten und hing lachend kopfüber in der Drachenrutsche.
Die andere Malvina kletterte über die Lehne und folgte ihrem Opa ins Badezimmer, den kleinen, grüngekachelten Raum, in dem es immer nach Essigreiniger und Badezusatz roch. Er heizte den Boiler an, das dauerte einen Moment, und die andere Malvina stand auf dem Badvorleger, sah zu, wie das Gasflämmchen im Boiler umherhuschte und das Wasser kurz darauf in die Wanne zu plätschern begann. Der Badezusatz schäumte, und Opa lachte.
Schaum macht schön, sagte er immer und goss mehr und mehr von dem honigbraunen, sirupartigen Badezusatz in die Wanne. Ich konnte den Zusatz nicht leiden, der Geruch ließ Wellen der Übelkeit durch meinen Bauch rollen, er roch nach altem Männerparfüm, so wie Männer oft sonntags riechen, in der Kirche, wenn sie vor einem in der Kirchenbank knien und man von hinten ihr schütteres, strähniges Haar betrachten kann. Ich hasste den Geruch. Ich hasste die Wanne, ich hasste, dass ich nie ein Wort herausbrachte, mich nie etwas zu sagen traute. Ich hasste, dass ich so viel Angst vor ihm hatte, dass ich stumm meine Kleider auszog, gefaltet auf der Waschmaschine ablegte und zu ihm in die Wanne stieg. In der Wanne konnte ich nicht sehen, was er tat, ich spürte nur seinen knochigen Körper unter den Schaumbergen, er mochte den Schaum, er fühlte sich sicher, seine Hände glitten im Wasser umher wie wendige, glatte Fische, die Fische zogen mich auf seinen Schoß, es machte ihn

glücklich, wenn ich auf seinem Schoß saß, mich mit dem Rücken gegen seine Brust lehnte.
Wenn ich glücklich bin, ist die Oma auch glücklich, sagte er, du machst deine Oma sehr, sehr glücklich.
Wir blieben so lange in der Wanne, bis es keinen Schaum mehr gab, dann wickelte er mich in den blauen Bademantel und schickte mich hinaus. Wenn meine Geschwister und mein Vater kamen, war ich trocken und angezogen, Oma föhnte mein Haar, sie föhnte es in der Küche und so heiß, dass es wehtat im Nacken, aber ich sagte kein Wort. Ich biss die Zähne zusammen, ich wollte, dass Oma glücklich war, und ich wollte, dass der Krebs sie nicht von innen heraus auffraß. Nur das zählte.

Der erste Sonntag, an dem ich nicht auf Paul warte. Der Platz auf der Gartenmauer bleibt leer. Ich beobachte die Straße vom Fenster aus. Ich kann mich dort sitzen sehen, mein Haar reflektiert in der Sonne, in der Sonne sieht es sogar ein bisschen rot aus. Ich muss mich auf meine Hände setzen, sonst wird mein Hintern kalt, von der Mauer, ich kann die rauen Steine unter meiner Haut spüren.
Pauls quietschgelber Smart biegt in unsere Straße ein, gleich wird er mich herumwirbeln. Du isst zu wenig, wird er sagen und seine großen Hände um meine Handgelenke legen.
Was hängst du hier rum, sagt Anne.
Sie deckt den Tisch fürs Mittagessen. Sie ist immer noch

sauer, wegen der blauen Flecken auf ihrem Schienbein, und scheppert extra laut mit den Tellern herum. Ich verliere mich draußen, das fühlt sich komisch an, ich entwische irgendwohin, und meine leere Hülle bleibt zurück, am Fenster, aufgestützt aufs Fensterbrett.

He, sagt Anne, hilf mir lieber.

Paul parkt den Smart vor unserem Gartentor, er sieht gut gelaunt aus und nicht so, als würde er mich vermissen. Es fällt ihm gar nicht auf, dass ich weg bin. Federnd rennt er den Gartenweg hoch, er rennt immer so, schwingt mit den Armen, wie einer, der gerade für einen Marathon trainiert, einer, der gut in Form ist. Ich drehe mich vom Fenster weg, gleich werden alle da sein, ich stürze mich in meine leere Hülle, davon bekommt man Kopfschmerzen und Herzklopfen, und ich überlege, ob es wohl passieren kann, dass man nicht mehr in seine Hülle zurückfindet. Vielleicht würden die anderen es nicht einmal bemerken, sie würden an meinen Händen und Füßen Schnüre befestigen, wie bei einer Marionette, sie würden mich auf einen Stuhl setzen, das wäre sehr praktisch, denn ich könnte dann draußen herumfliegen, über die ganze Welt. Ich müsste mich nicht mehr um meinen Körper kümmern, der ja sowieso nur Ärger macht. Anne rempelt mich an, sie drückt mir ein paar Gabeln und Messer in die Hand.

Hallo, schreit sie, Erde an Malvina! Mensch, du nervst echt! Reiß dich doch mal zusammen, heute ist Ostern, da muss doch nicht jeder deinen Liebeskummer mitkriegen.

Ich hab keinen Liebeskummer!, schnauz ich sie an, obwohl ich mir nicht ganz sicher bin.
Vorsichtshalber denke ich nicht oft an Klatsche, ich habe ihn in das Fach für unerledigte Dinge, die sich auch nicht erledigen werden, geschoben und fest zugeschlossen. Mein Opa ist da auch schon drin. Ich weiß, das ist unfair, nur in meinem Herzen gibt es nicht so unendlich viele Fächer, und ich finde, Klatsche und Opa müssen sich irgendwie arrangieren, meistens toben sie aber ganz schön rum, vor allem Opa hämmert gegen die Tür, es scheint, als würde die Tür genau hinter meinem Kopf liegen, das Hämmern kann ich nämlich immer hören, tagsüber ist es leise, aber nachts ist es jetzt schon so laut, dass ich nicht mehr schlafen kann, ich wache davon auf, von seiner Stimme und von seinen Fäusten. Dann hab ich Mitleid mit Klatsche. Er bekommt bestimmt kein Auge zu bei dem Lärm.
Anne und ich schweigen uns an, während wir den Tisch gemeinsam zu Ende decken, dann trägt Mama das Essen auf, und alle setzen sich, auch Paul und Papa; Paul zwinkert mir zu, aber ich starre nur unfreundlich zurück, ich bin wie ein Fremdkörper inmitten meiner Familie, wie ein kleines Steinchen, das im Schuh drückt.
Was ist denn mit dir los?, fragt Paul und zwinkert nochmal.
Ignorier sie einfach, sagt Anne, die ist seit Tagen zum Kotzen. Seit ihr Typ hier aufgekreuzt ist.
Unter dem Tisch trete ich nach Anne, so fest ich kann.
Da seht ihr, heult sie los, die spinnt doch!

Papa sieht uns beide scharf an. Er kann Streitigkeiten während des Essens nicht ausstehen, da will er seine Ruhe haben, vor allem an Ostern, wenn alle zusammen sind und Mama ausnahmsweise nicht über ihre Migräne jammert.
Es gibt etwas zu besprechen, sagt er, und Anne ist sofort still und sieht Papa erwartungsvoll an. Wahrscheinlich hofft sie, dass ich in ein Internat abgeschoben werde oder am besten auf eine einsame Insel. Sogar ich bin einigermaßen gespannt. Normalerweise bespricht Papa nichts mit uns, er entscheidet die meisten Dinge alleine, weil er sowieso am besten weiß, was für uns gut ist, da wäre es ja reine Zeitverschwendung, uns um unsere Meinung zu fragen, sagt er, und für Mama wäre Entscheidungentreffen nur eine zusätzliche Belastung. Paul ist da eine Ausnahme, schließlich ist er ein Mann und erwachsen, und außerdem studiert er. Über so was kann Lizzy sich stundenlang aufregen. Und was ist, wenn niemand Lust hat, mit ihm nach Österreich zu fahren, sagt sie dann. Wir fahren nämlich fast immer nach Österreich, in den Sommerferien. Ich zucke dann mit den Schultern; ob wir Lust dazu haben, ist Papa egal.
Ich würde Österreich hassen, sagt Lizzy inbrünstig. Sie und ihre Mutter fahren jedes Mal woandershin, sie fahren mit einem alten blauen VW-Bus und tun so, als wären sie Zigeuner, das letzte Mal waren sie in Portugal, da waren sie sieben Wochen weg, weil der Bus in Portugal kaputtgegangen ist und die Portugiesen so lange gebraucht hatten, um ihn zu reparieren. Lizzy ist dann eine Woche zu

spät zur Schule gekommen, sie war braungebrannt und ihre Haare schmeckten noch nach Salz, die hatte sie extra nicht gewaschen, damit ich das Salz schmecken konnte. Am liebsten würde ich mit Lizzy und ihrer Mutter in die Ferien fahren, aber meine Eltern erlauben es nicht, sie sagen: Das gehört sich nicht, mit einem Bus durch die Welt zu gondeln, und überhaupt müssen Kinder mit ihren eigenen Eltern verreisen. Ich kann es kaum erwarten, bis ich kein Kind mehr bin, ich befürchte nur, der blaue Bus hält nicht mehr so lange durch, das sind schließlich noch vier Jahre, aber Lizzy sagt, das macht nichts, dann kaufen sie eben einen neuen alten Bus, extra meinetwegen.

Papa legt sein Besteck neben den Teller und räuspert sich, ich sitze ihm schräg gegenüber, an seiner Miene erkenne ich, dass es nicht um den Urlaub geht, es geht um etwas Wichtigeres, es geht um etwas, das er selber nicht gerne anspricht, das sehe ich, und um meinen Magen ballt sich vor Angst eine eiskalte Faust.

Ihr wisst, dass es eurem Opa gesundheitlich nicht gut geht, sagt er, seit Oma tot ist, ist er nicht mehr derselbe.

Ich werfe einen schnellen Blick zu Paul, er isst ungerührt weiter, beugt sich über seinen Teller, schiebt sich ein Stück Fleisch in den Mund und kaut.

Eure Mutter und ich sind der Meinung, er kommt alleine nicht mehr zurecht.

Fast muss ich laut loslachen. Eure Mutter und ich! Meiner Mutter ist Opa scheißegal, sie hasst ihn, sie denkt nie über ihn nach, und wenn, dann nichts Nettes, sie würde sich niemals Sorgen um ihn machen. Niemals.

Wir haben beschlossen, dass er zu uns ziehen wird, er wird Pauls Zimmer bekommen, sagt Papa.
Einen Moment denke ich, die Faust presst meinen Magen so fest zusammen, dass ich mich übergeben muss, hier auf den Mittagstisch.
Das glaube ich nicht, sage ich und versuche, Mamas Blick einzufangen.
Das hast du nicht beschlossen, sage ich, du hasst Opa, du würdest nicht wollen, dass er bei uns wohnt. Niemand will das! Niemand!
Ich stehe langsam auf und presse die Hände auf meinen Bauch, alles tut weh, es fühlt sich an, als würde das Stück Fleisch, das ich vor fünf Minuten geschluckt habe, meinen Magen auffressen, als hätte mir jemand Säure statt Apfelsaft zu trinken gegeben.
Sei nicht albern, Malvina, sagt Paul.
Endlich legt auch er seine Gabel beiseite.
Wo soll Opa denn sonst hin, er hat doch nur noch uns.
Er kann in ein Altersheim, sage ich tonlos, dafür sind Altersheime da.
Ich weiß, wie bescheuert sich das anhört, es hört sich kalt und gefühllos an, genauso, wie ich mich fühle. Die anderen sagen gar nichts, Papa schüttelt den Kopf, und Paul verengt seine Augen zu kleinen Schlitzen. Er war nicht oft böse auf mich, fast nie, einmal, weil ich ein Geschenk seiner Freundin kaputt gemacht hatte, einen Schlüsselanhänger, da war er richtig böse, aber nur ganz kurz, weil ich damals noch so klein und dumm war. Ich hatte

Angst, dass er mich nie wieder gern hat, dass er mich nie wieder in die Luft wirft und mit mir redet, und jetzt habe ich auch wieder Angst. Es ist schon so viel kaputt. Ich bin durch einen Gang gerannt und habe Türen hinter mir zugeschlagen. Viele Türen, so viele, dass ich fürchte, niemand wird jemals alle wieder öffnen können. Vor allem Paul nicht. Und Papa auch nicht. Und Mama und Anne zählen nicht. Sie waren nicht dabei. Ich weiß nicht, warum, aber es hat nur Oma, Opa und mich gegeben. Warum nicht Anne? Warum ist Anne davongekommen? Ich trete noch einen Schritt zurück.
Das willst du nicht, sage ich zu Mama.
Ich weiß selbst nicht so genau, was ich damit meine – dass sie nicht will, dass er hier einzieht, oder dass sie nicht will, dass er mich küsst, anfasst, zu mir ins Zimmer kommt. Wenn er hier wohnt, bin ich nie mehr sicher. Er wird nachts an mein Bett kommen und ins Badezimmer, wenn ich dusche, er wird hinter jeder Ecke auf mich lauern, in jeder Sekunde, jeden Tag, bis er tot ist.
Mama zuckt nur hilflos mit den Schultern; wenn Papa etwas beschließt, dann wird das so gemacht, wir alle wissen das. Mir bleibt nicht viel Zeit, um das Unglück abzuwenden. Genau genommen so lange, wie man für ein Mittagessen an Ostern braucht, und keine Sekunde länger, denn wenn das hier vorbei ist, gibt es kein Zurück mehr, dann wird Opa schneller hier einziehen, als ich bis drei zählen kann. Die Vorstellung schießt Lücken in meinen Kopf, sie macht, dass ich nicht mehr klar denken kann. Fieberhaft suche ich nach Erklärungen, nach Worten, die das

ausdrücken, was in mir verschlossen ist, Worte, die ich aussprechen kann, ohne vor Scham zu sterben. Während ich mit diesen Worten ringe, lässt Paul seinen Blick auf mir ruhen, er hat sich im Stuhl zurückgelehnt, die Arme vor der Brust verschränkt. Ich bin nicht mutig. Ich müsste sehr mutig sein, um zu sagen, was ich sagen will, und gleichzeitig diesen Blick aushalten zu können.

Er küsst mich, sage ich und spüre, wie sie vor mir zurückschrecken. Sie wollen nicht hören, was ich sage, und wenn, dann müsste ich deutlicher werden, viel deutlicher. Es reicht nicht, dass er mich küsst, es reicht noch lange nicht. Ich müsste sagen, dass er seine Hände auf meine Brust legt und seine Zunge in meinen Mund steckt, dass er Dinge tut, von denen ich mich weigere, sie nur zu denken, geschweige denn, sie zu tun. Vielleicht würde das immer noch nicht reichen. Vielleicht würden sie immer noch nicht verstehen.

Jetzt tu doch nicht so, sagt Anne, das kleine Fräulein Rühr-mich-nicht-an!

Sie fängt an zu lachen, und Paul und Papa stimmen ein. Erleichtert, weil alles so einfach ist und weil sie nicht über das, was ich sage, nachdenken müssen.

Das ist eine Phase, sagt Papa, und es hört sich sehr verständnisvoll an, als wäre ich krank. Verständnisvoll und mitleidig. Paul nickt, er beginnt wieder zu essen, auf seinem Kinn glänzt Fett, und ich finde alles nur noch widerlich.

Wann zieht er ein?, fragt Paul.

Sobald es geht, sagt Papa, die Wohnung muss gekündigt

werden, damit wird auch Geld gespart, und das kommt uns allen zugute.
Sie beachten mich nicht weiter und tun so, als wäre nichts gewesen, nur Mama stochert nervös auf ihrem Teller herum. Sie ist schon wieder ganz weiß im Gesicht, aber sie sagt nichts, sie würde auch nichts sagen, wenn ich sie packen und schütteln würde; das würde ich nämlich am liebsten tun, sie schütteln, bis ihre Zähne klappern, bis sie ohnmächtig wird oder zu schreien anfängt. Aber meine Arme sind wie Gummi, sie hängen leblos an meinen Seiten, und ich hätte nicht mal genügend Kraft, um Messer und Gabel zu halten.
Opa wird zu uns ziehen, dieser Satz huscht in meinem Kopf herum und macht, dass alles um mich herum verblasst, es gibt keine Farben mehr, nur noch Lichtpunkte in einer immer größer werdenden Dunkelheit. Opa wird zu uns ziehen, sein Zimmer wird am anderen Ende des Hausflurs sein, er wird morgens, wenn ich aufwache, an meinem Bett stehen und abends, wenn ich einschlafe, und dazwischen wird es keine Minute ohne ihn geben. Ich werde ihn in meinem Kopf zur Schule tragen und mit zu Lizzy, er wird sich immer enger um mich herumschlingen, bis nichts mehr von mir übrig ist. Keiner wird etwas merken, weil ich funktioniere, so wie ich auch jetzt funktioniere, und weil sie nichts merken wollen, und für das alles gibt es keine Lösung. Keine. Keinen Ausweg.
Sie reden schon längst über etwas anderes. Ich hab meine Chance vertan, weil ich nicht mutig genug war, weil ich mich nicht getraut habe, ihnen die Wahrheit ins Gesicht

zu knallen. Sie reden über Pauls Studium. Er studiert BWL, will mal in einer großen Bank arbeiten. Lebhaft erzählt er von Professoren und anderen Studenten, sie beachten mich nicht, als ich gehe.
Das ist das Alter, höre ich noch Paul sagen, lasst sie, die beruhigt sich wieder.

Mit dem Rad durchquere ich die Siedlung. Ich weiß nicht, wo Klatsche wohnt, aber ich werde ihn finden, Straße für Straße durchkämme ich und suche nach Anhaltspunkten, aber in der Siedlung sieht alles gleich aus. Schnurgerade Straßen, Reihenhäuser mit quadratischen Vorgärten, alle mit den gleichen gestreiften Markisen, blau und weiß. In jedem Block ein Spielplatz, Klettergerüste, Rutschen, Wippen. Alles ist wie leer gefegt. Natürlich, es ist Ostern, Mittagessenszeit, jeder sitzt mit seiner Familie vor seinem Sonntagsbraten, bevor sie am Nachmittag spazieren gehen und Eier suchen. Und ich suche Klatsche.
Ich weiß nicht, was ich ihm sagen will. Während ich meinen Blick durch die Häuserreihen schweifen lasse, bastle ich an meiner Rede. *Du musst mir helfen,* werde ich sagen. Das fühlt sich gut an. Alleine dieser Satz und Klatsches Gesicht dazu beruhigen meinen Herzschlag.
Du musst mir helfen, meine beste Freundin ist nicht da, und ich weiß nicht, wer mir sonst helfen könnte. Aber du kannst es.
Ich verwerfe das *aber du kannst es.* Das hört sich zu theatralisch an. Aber dass er der Einzige ist, stimmt. Ich weiß nicht, wann Lizzy zurückkommt. Der blaue Bus hat keine

Schneeketten, und sie sind mit ihm in die Berge gefahren. Vielleicht stecken sie in einem Gletscher fest und warten auf Tauwetter. Soviel ich weiß, kann das dort lange dauern. Vielleicht so lange, wie Portugiesen brauchen, um einen Bus zu reparieren, oder noch länger. Ich kann unmöglich auf Lizzy warten.

Mein Opa fasst mich an, flüstere ich probeweise.

Das jagt meinen Puls in die Höhe, und ich stoppe, um mir die Haare aus der Stirn zu streichen. Pause. Das muss ich noch üben. Ich muss diesen Satz ganz oft sagen, damit er ohne zu holpern über meine Lippen kommt.

Mein Opa fasst mich an. Mein Opa fasst mich an. Mein Opa fasst mich an. Und ich muss ihn anfassen.

So geht das nicht. Das kann ich unmöglich sagen. Nicht zu Klatsche. Aber es ist die Wahrheit. Es ist die Wahrheit, flüstere ich.

Ich suche in meiner Hosentasche nach einer Haarspange, damit stecke ich die Haarsträhnen fest. Der Wind ist zu stark. Ich muss an die Bitschek denken, wie der Wind ihren gepunkteten Rock gebläht hat. Wie sie gesagt hat, dass mein Opa böse ist.

Du musst mich verstecken, flüstere ich, du musst mich bei dir im Keller verstecken, bis mein Opa tot ist.

Auch das fühlt sich gut an. Er könnte mir jeden Tag Essen bringen, und wir würden auf einer Matratze liegen und uns umarmen. Jeden Tag. Am Schluss wäre ich ganz blass, weil ich jahrelang kein Sonnenlicht mehr gesehen hätte. Ich müsste eine dunkle Sonnenbrille tragen, an dem Tag, an dem mein Opa stirbt und ich den Keller

wieder verlasse. Die Sonnenbrille würde ich die ganze Beerdigung nicht abnehmen, und statt Blumen auf den Sarg zu werfen, würde ich hineinspucken.
Ich finde nichts, was auf Klatsche hindeutet. Keine Wäscheleine, über die ausgebleichte, löchrige Jeans hängen, und keine verbeulten Turnschuhe auf Treppenstufen. Auch sein Rad kann ich nicht entdecken. Wenn ich ihn im letzten Block nicht finde, muss ich von vorne anfangen. Dann muss ich an jeder Tür klingeln und nach ihm fragen. Das kann Jahre dauern. Noch ein Block und ein Spielplatz.
Der Spielplatz liegt hinter einer Buchsbaumhecke, ich kann Stimmen hören und das heftige Quietschen einer Schaukel. Dann nichts mehr und einen dumpfen Aufprall.
Mindestens fünf Meter, schreit jemand atemlos.
Du Blödmann, das waren nicht mal drei Meter, schreit jemand zurück und bricht in wildes Gelächter aus.
Ich spähe durch die Hecke und entdecke Klatsche, Pfütze und Pokerface. Anscheinend üben sie Schaukelweitsprung. Pfütze hockt im Sand und verschränkt beleidigt die Arme vor der Brust.
Fünf Meter, beharrt er.
Jetzt beginnt Klatsche zu schaukeln. Die Schaukel quietscht wie verrückt, das hört sich an, als würde die Verankerung jeden Moment brechen, aber Klatsche schaukelt weiter, bis er sich fast überschlägt.
Jetzt mach dich endlich weg, schreit er, und Pfütze krabbelt beleidigt aus der Schusslinie. Er und Pokerface stel-

len sich in gebührendem Abstand neben den Sandplatz. Dann springt Klatsche, er springt am höchsten Punkt ab, rudert mit den Armen und kommt tatsächlich ein bisschen weiter als Pfütze.

Was soll ich jetzt tun? Die Jungs lassen sich gemeinsam in den Sand plumpsen. Klatsche reicht eine Zigarettenschachtel herum, sie unterhalten sich leise, ich kann nichts mehr verstehen. Vorsichtig lasse ich mein Rad umfallen und überlege. Was hab ich schon zu verlieren.

Du musst mir helfen, flüstere ich nochmal, aber jetzt kommt mir dieser Satz ziemlich dumm vor. Wenn Pfütze und Pokerface dabei sind – unmöglich.

Der Eingang zum Spielplatz ist links von mir, ich muss nur durchspazieren und Klatsche fragen, ob er kurz Zeit hat. Ich muss ihm sagen, dass ich mit ihm reden muss. Ganz einfach ist das.

Also spaziere ich durch den Eingang. Die Jungs entdecken mich nicht gleich, dann sieht mich Pokerface, er rempelt die anderen mit dem Fuß an, und Klatsche und Pfütze drehen sich gleichzeitig zu mir um.

Mir bleibt beinahe das Herz stehen, und ich bringe keinen Ton heraus. Klatsche starrt mich ungläubig an. Er lächelt nicht, er starrt nur, und ich gehe zur Schaukel. An den Jungs vorbei, ohne was zu sagen. Nicht einmal Hallo, nichts.

Scheiße! Scheiße! Scheiße!

Was will die denn hier, raunt Pokerface, und ich sehe, wie Klatsche mit den Schultern zuckt.

Keine Ahnung, sagt er.

Pfütze grinst, er lässt mich nicht aus den Augen, die beiden anderen unterhalten sich weiter, flüstern miteinander, und ich fange vor lauter Verlegenheit zu schaukeln an. Höher und höher, obwohl mein Magen sich bestimmt gleich umdreht, ich vertrage Schaukeln nicht besonders gut, eigentlich nichts, was damit zu tun hat, Karussell oder Achterbahn, da wird mir sofort schlecht. Aber jetzt ist es auch schon egal. Klatsche sieht kein einziges Mal her, er tut so, als würde er mich nicht kennen, vielleicht schämt er sich sogar, dass er mich kennt.
Du musst mir helfen, denke ich und beglückwünsche mich zu meiner eigenen Blödheit.
Die Welt saust an mir vorbei; jedes Mal, wenn die Schaukel zurückschwingt, habe ich das Gefühl, mein Magen hängt in meinen Kniekehlen. Die Jungs sehe ich nicht mehr, ich höre sie nur noch lachen. Am höchsten Punkt springe ich. Für einen Moment scheint alles still zu stehen, ich rudere mit den Armen, und der Schwung trägt mich über den Sandplatz hinaus, viel weiter, als Klatsche und Pfütze gesprungen sind, vielleicht, weil ich so leicht bin. Ich lande unsanft in einem plattgetrampelten Stück Rasen, und ein stechender Schmerz fährt durch meinen rechten Arm, ich denke, der ist bestimmt gebrochen, aber weil ich nicht heulen muss, verwerfe ich diesen Gedanken wieder, Lizzy sagt, wenn man sich etwas bricht, muss man unbedingt heulen. Ohne die Jungs weiter zu beachten, verlasse ich den Spielplatz, mit Würde, wie ich hoffe, aber kaum bin ich hinter der Hecke, beginne ich zu laufen. Klatsche holt mich bei meinem Rad ein.

Was sollte der Auftritt, faucht er, du hättest dir alle Knochen brechen können.
Das kann dir doch egal sein, fauche ich zurück und schwinge mich auf den Sattel.
Du musst mir nichts beweisen, sagt er und hält meinen Lenker fest, mir ist völlig klar, dass du spinnst, da musst du dich nicht umbringen, deswegen.
Mein Handgelenk pocht, deswegen kann ich ihn nicht wegstoßen. Ich warte, bis er freiwillig den Lenker wieder loslässt.
Was willst du hier?, fragt er.
Schaukeln, antworte ich patzig und komme mir ziemlich albern dabei vor.
Er klemmt sich zusätzlich meinen Vorderreifen zwischen die Beine, damit ich nicht abhauen kann. Jetzt wäre der Moment da, der Moment, um zu sagen, dass er mir helfen muss. Ich lasse ihn verstreichen. Pfütze und Pokerface rascheln hinter mir in der Hecke.
Okay, sagt Klatsche leise, alles klar.
Er lässt meinen Lenker los und gibt den Weg frei.
Übrigens, sie reißen die Villa nächste Woche ab, sagt er.
Ich nicke. Hab ich auch gehört, sage ich.
Ich wünschte, ich wäre mutiger, aber ich bin es nicht. Ich werde ihm nie von mir erzählen können, ich werde überhaupt niemandem von mir erzählen können. Von mir und Opa.
Ich fahre langsam durch die Siedlung zurück. Der Wind spielt mit den Markisen und den bunten Windrädern in

den Vorgärten. Mein Handgelenk tut höllisch weh, aber ich muss immer noch nicht weinen. In mir drin ist alles kalt, bei dem Sprung von der Schaukel bin ich irgendwo da oben geblieben. Ich bin nicht in meine Hülle zurückgegangen. Ich fliege zu den Sternen. Unerreichbar fern.

Montag

Wenn man keinen Teich zur Verfügung hat, ist eine Regentonne das Beste, was einem passieren kann. Lizzy und ich kletterten in die Tonne und tasteten vorsichtig mit den Füßen bis zum Grund, der Rand war glitschig und voller Algen, manchmal streifte man scharfe Kanten, und wir mussten aufpassen, dass wir nicht mit unseren Unterhosen daran hängen blieben, aber im Großen und Ganzen befanden wir die Idee mit der Regentonne als absolut unschlagbar.

Viel besser als der Dachboden, sagte Lizzy.

Ich konnte ihre Beine an meinen Beinen spüren, so eng war es in der Tonne, und irgendwie war das ein gutes Gefühl, als würden wir ganz fest und untrennbar zusammengehören.

Du Lizzy, sagte ich, wir werden doch immer Freundinnen sein.

Davor hatte ich nämlich ganz schreckliche Angst, dass Lizzy plötzlich weg sein könnte, sich eine andere Freundin sucht, mit der sie redet und lacht und Unsinn anstellt.

Was stellst du denn für Fragen, sagte sie und blitzte mich

von unten herauf an, denn Lizzy ist ein winziges Stück kleiner als ich. Sie trug damals noch die Augenklappe, und so konnte sie mich nur mit einem Auge anblitzen, aber das reichte mir.

Natürlich werden wir immer Freundinnen sein, Blutsschwestern und Freundinnen, sagte sie.

Dann tauchte sie unter, dazu musste sie sich die Nase zuhalten und prusten wie ein Walross, und als sie wieder hochkam, hatte sie Entengrütze auf dem Kopf, und die Augenklappe war verrutscht.

Gott sei Dank, prustete sie, ich hätte beinahe eine Gehirnüberhitzung gekriegt. Du musst auch untertauchen, du siehst nämlich schon ganz wirr aus!

Gehirnüberhitzung war eine ernst zu nehmende Angelegenheit, deswegen tauchten wir beide gleichzeitig unter und versuchten so lange wie möglich, den Kopf unter Wasser zu halten. Als wir lachend und außer Atem wieder hochkamen, sahen wir in vier grinsende Gesichter.

Das Lachen verging uns schlagartig.

Vor der Tonne standen Klatsche, Pfütze, Pokerface und Hubba Bubba.

Wie süß, sagte Klatsche, zwei Badenixen.

Wie süß, gab Lizzy zurück, vier Doofköpfe.

Dann herrschte erst einmal Schweigen, in dem uns klar wurde, dass wir eindeutig in eine missliche Lage geraten waren. Wir saßen in einer Wassertonne mit nichts an als Unterhosen und Turnschuhen. Vor der Tonne standen die Jungs, und hinter ihnen baumelten unsere Shorts und die dazugehörigen Männerunterhemden an einem

Apfelbaum. Kurz gesagt, wir waren nicht in der Position, um die Villa zu verteidigen, einen Schlagabtausch mit den Jungs zu führen, geschweige denn, um aus der Tonne zu klettern.

Ich überlegte, wie spät es wohl war, und versuchte auszurechnen, wie viele Stunden wir in der Tonne festsitzen würden; irgendwann mussten die Jungs schließlich auch nach Hause, dachte ich, aber im schlimmsten Fall konnte das Stunden dauern, und bis dahin wären wir bestimmt blau angelaufen, hätten Schwimmhäute zwischen den Zehen und eine Blasenentzündung.

Klatsche stützte sich mit beiden Armen am Tonnenrand auf, und wir pressten unsere Arme auf unseren noch nicht vorhandenen Busen. Ich hätte sterben können vor Scham.

So, sagte er, wo ist jetzt euer Anführer?

Ja, wo war er, dachte ich. Natürlich fiel mir nichts ein. Schließlich konnte ich nicht zaubern. Lizzy fiel auch nichts ein. Ihre Lippen machten einen dünnen Strich, und ihr Auge war dunkel vor Zorn.

Verpisst euch lieber, bevor er kommt, sagte sie.

Klatsche grinste.

Soll ich dir was sagen, sagte er und beugte sich vertraulich noch ein Stück vor, es gibt keinen Anführer. Es gibt nur euch. Und ihr sitzt in einer Regentonne fest.

Dann wandte er sich zu den anderen Jungs.

Durchsucht die Villa, sagte er.

Die Jungs schwärmten aus, während Klatsche an der Tonne Wache hielt. Die ganze Zeit hatte er sein däm-

liches Grinsen im Gesicht. Es dauerte ewig, bis sie mit allen Zimmern durch waren, und Lizzy und ich hatten schon Gänsehaut auf den Armen und überhaupt am ganzen Körper.
Keiner da, schrie Pokerface schließlich aus einem Zimmer im ersten Stock, alles leer!
Klatsche grinste noch dämlicher. Er fischte unsere Klamotten vom Apfelbaum.
Viel Spaß auf dem Heimweg, sagte er.
Unter dem hämischen Gegröle der Jungs kletterten wir so würdevoll es ging aus der Wassertonne und marschierten davon. Lizzy warf den Kopf in den Nacken, aber ich wusste, dass ihr genauso jämmerlich zumute war wie mir. Ich konnte die Blicke der Jungs auf meinem nackten Rücken spüren und auf meinem Hintern und dankte Gott, dass meine Unterhose nicht weiß war und damit durchsichtig. Wasser quatschte mit jedem Schritt aus unseren Turnschuhen, es war ein schrecklicher Abgang.
Als wir uns oben auf der Anhöhe noch einmal zur Villa umdrehten, sahen wir, dass die Jungs unsere Piratenflaggen eingezogen hatten. Stattdessen hingen jetzt unsere Shorts und die Unterhemden aus den Fenstern.
Das ist das Letzte!, sagte Lizzy böse. Das Allerallerletzte!

Von der Türschwelle meines Zimmers aus sehe ich zu, wie Paul sein Zimmer räumt. Er packt Bücher in Kisten, viele sortiert er aus, alte Fantasyromane, *Der kleine*

Hobbit flattert auf dem Boden herum und zerfledderte Taschenbücher, Krimis, Zeitschriften, er hebt nicht viel auf. Es werden gerade mal zwei Kisten voll damit, voll mit Büchern und Krimskrams, der sich so in verlassenen Kinderzimmern ansammelt. Alles andere wandert in den Müll. Ich sitze mit untergeschlagenen Beinen auf der Türschwelle und lasse ihn nicht aus den Augen. Wenn er sich hier schon davonmacht und mich mit Opa alleine lässt, dann muss er mich auch aushalten können. Er muss aushalten können, dass ich jede seiner Bewegungen mit Verachtung strafe. Mindestens eine Stunde schafft er es, mich zu ignorieren, dann dreht er sich entnervt zu mir um.
Du wirst daran nichts ändern, sagt er.
Er kommt über den Gang zu mir herüber und kniet sich vor mich. Ich erwidere nichts, ich schwebe wie ein Luftballon an der Zimmerdecke und beobachte ihn.
Du hast dich ganz schön verändert, sagt Paul, ich erkenne dich gar nicht wieder. Was ist los? Stimmt es, was Anne sagt, dass du Liebeskummer hast?
Als ich nicht antworte, seufzt er und nimmt meine Hände in seine. Sie fühlen sich warm und weich an. Ich spüre, wie seine Wärme zu mir herüberfließt, und sehne mich danach, mich in seinem Schoß einzurollen wie ein Kätzchen. Davon merkt Paul natürlich nichts, meine Hände sind klamm, von mir kommt nichts zurück.
Warum verschließt du dich so, sagt er, wir konnten doch früher so gut miteinander reden. Ich hab dir doch immer geholfen, so gut es ging.

Er seufzt wieder, drückt meine Hände ein bisschen.
Wenn es wegen des Jungens ist, sagt er, Anne hat mir davon erzählt.
Ich versuche ruhig zu bleiben, obwohl ich nichts davon hören will. Klatsche ist Geschichte. Ich hab's vermasselt. Er ist enttäuscht von mir, weil ich so komisch bin und nicht mit ihm reden kann. Daran bin ich schuld. Ich hätte gestern die Wahrheit sagen sollen oder vorgestern oder letzte Woche. Oder ich hätte mich zusammenreißen müssen, so tun, als wäre alles in Ordnung. Ihm die normale Malvina vorspielen. Aber wozu darüber nachdenken. Jetzt ist es ohnehin zu spät. Das hab ich gestern in seinem Gesicht gesehen, er will nichts mehr von mir wissen.
Anne hat erzählt, dass er hier war, sagt Paul, dann macht er eine Pause. Er will mir Gelegenheit geben zu antworten, aber ich antworte nicht. Meine Lippen kleben aufeinander.
Sie sagt, er scheint dich gern zu haben.
Ich bin froh, dass ich wie ein Luftballon an der Decke schwebe, so muss ich nicht wirklich spüren, was in mir vorgeht. Alles ist gedämpft, sogar Pauls Stimme, und was er sagt, dringt nur langsam zu mir nach oben. *Klatsche scheint mich gern zu haben.* Wie lauter Luftbläschen umspült mich dieser Gedanke. Kohlensäure in einem Wasserglas. Er perlt die Wände hinauf und sammelt sich um mich.
Sie sagt, er wollte dich sehen, und du bist einfach abgehauen, durch die Terrassentür. Weil du gedacht hast, er flirtet mit ihr.

Er hat auch mit ihr geflirtet, sage ich leise.
Neben mir geht Annes Zimmertür auf. Sie scheint gelauscht zu haben, erst schwingt eine ihrer blonden Haarsträhnen durch den Spalt, dann erscheint ihr ganzes sommersprossiges Gesicht.
Hat er nicht, sagt sie, und ihre Stimme hat einen beleidigten Unterton, außerdem flirte ich nicht mit Jungs, die jünger sind als ich. Das ist ja oberpeinlich.
Sie runzelt angewidert die Nase.
Du wolltest ja nicht mal wissen, was er gesagt hat.
Sie schiebt sich durch den Spalt und lässt sich neben uns auf den Boden plumpsen. Ich traue ihr nicht. Bis jetzt hatte alles, was mit Anne zu tun hat, einen Haken. Wenn man sich von ihr ein T-Shirt leiht, will sie dafür ein Eis spendiert haben, wenn sie einem bei den Hausaufgaben hilft, dann kann man nur darauf warten, wann man für sie in die Bresche springen muss. Generell finde ich das ja in Ordnung, dass man sich gegenseitig hilft, aber wenn, dann freiwillig. Annes Lieblingssatz ist *Eine Hand wäscht die andere*. Lizzy sagt, Anne hat eben einen schlechten Charakter, und das wird mit der Zeit nur noch schlimmer. Deswegen warte ich auf den Haken.
Willst du es jetzt wissen oder nicht, sagt sie.
Ich lasse mein Kinn auf die Brust sinken. Meinetwegen muss sie gar nichts sagen.
Natürlich will sie es wissen, sagt Paul.
Er drückt meine Hände nochmal. Kumpelhaft, als würden wir uns wahnsinnig gut verstehen und ein Geheimnis teilen. Wir drei, zusammen auf dem Hausflur. Aber

das ist schon lange vorbei. Wir sind kein Team mehr. Wir spielen nicht mehr Untergang der Titanic in unserem alten Ford und erzählen im Bett Gruselgeschichten. Jeder hat sich verändert, und vielleicht hat Paul recht, und bei mir ist es am schlimmsten. Ich bin nicht mehr die kleine Malvina, der man Märchen für die Wahrheit verkaufen kann, Märchen, in denen alles gut ausgeht und in denen der Prinzessin Gerechtigkeit widerfährt. Solche Märchen gibt es nicht. Zumindest nicht in meinem Leben.

Ich bin die Malvina mit dem dunklen Geheimnis, die Malvina mit den vielen Leben, ich bin die Malvina in der Badewanne.

Er hat gesagt, du bist die schlimmste Zicke, die er jemals getroffen hat, aber er mag dich trotzdem.

Die Luftbläschen perlen um meinen Kopf, kitzeln mich am Hals und steigen in meine Nase.

Tut mir leid, sagt Anne, aber genau das hat er gesagt.

Paul lässt meine Hände los. Er muss schließlich weiter packen.

Na siehst du, sagt er, bevor er in sein Zimmer zurückgeht, alle Aufregung umsonst.

Anne tippt mich vorsichtig am Fuß an.

Du könntest dir mein rotes T-Shirt ausleihen, wenn du ihn besuchen gehst, das mit den Meerjungfrauen, das steht dir bestimmt gut.

Ich weiß, das ist ein Friedensangebot, ich nicke und warte, bis Anne das T-Shirt gefunden hat, es ist ihr Lieblingsteil, sie lässt es in meinen Schoß fallen.

Viel Spaß, sagt sie.

Schön, dass du hier bist.
Ich sitze unter den Schutzengeln im Goldrahmen, und die Bitschek steht am Herd und kocht irgendetwas aus Gemüse und Fleisch. Es riecht intensiv nach Fenchelknollen, leicht süßlich, aber auch nach schwarzem Pfeffer und zerstoßenem Knoblauch.
Schön, dass du hier bist, sagt sie nochmal, hab schon gewartet, jeden Tag in Kristallkugel geguckt – keine Malvina –, aber heute Morgen dann. Ich denke, Gott sei Dank, endlich! Ich dachte schon, kommst gar nicht mehr. Dachte schon, ist zu spät.
Ich weiß nicht, was sie damit meint, sie dreht sich auch nicht für eine Erklärung zu mir um, sie rührt weiter in ihrem Topf. Das Baby hat sie vor ihre Brust gebunden, mit einem großen, buntgemusterten Tuch. Es niest ab und zu, wenn es zu viel Pfeffer in die Nase bekommt, aber sonst ist es ungewöhnlich zufrieden. Es steckt seine kleinen dicken Händchen in den Mund und sabbert auf Frau Bitscheks Bluse.
Wo ist Bratko, frage ich, weil ich ihn nirgends entdecken kann.
Ach der, sagt sie, hat Geliebte gefunden, hat nichts im Sinn als über Dächer spazieren und Katzenbabys machen. Fressen und Katzenbabys.
Ich muss grinsen. Das kann ich mir bei Bratko nicht vorstellen. Wie soll der dicke Kater auf die Dächer kommen? Ich ziehe behaglich die Beine an. Lichtflecken streifen über mein Gesicht, die Bitschek stellt eine Schüssel mit dampfendem Gemüse vor mich auf den Tisch.

Iss, sagt sie, dünnes Vögelchen.

Dabei streicht sie mir kurz übers Haar und setzt sich dann mir gegenüber auf die Küchenbank und bindet das Baby los.

Das Gemüse schmeckt köstlich, das Beste, was ich seit langem gegessen habe. Vielleicht schmeckt es auch so gut, weil ich in letzter Zeit überhaupt wenig gegessen habe. Ich habe einen Bärenhunger. Die Bitschek sieht mir zu, wie ich den Eintopf in mich hineinschaufle, ich verbrenne mir die Zunge, so heiß ist er, aber das macht nichts.

Du hast mich nach Kindheit gefragt, sagt sie, unten im Hof, weißt noch? Letzten Donnerstag.

Sie wartet meine Antwort nicht ab, sondern redet einfach weiter und schaukelt dabei das Baby auf ihren Knien.

Ich hab nachgedacht, und mir ist was eingefallen, eine Geschichte, die will ich dir erzählen. Deshalb ich habe gewartet auf deinen Besuch. Geschichte aus meiner Kindheit, ist lange her.

Sie sieht aus dem Fenster, als könnte sie die Geschichte dort ablesen, als wären Buchstaben auf dem Fensterglas, und sie müsste sich anstrengen, um sie zu entziffern. Oder sie weiß nicht, wie sie beginnen soll, wie ihre Geschichte anfängt.

Ich hatte eine Freundin, sagt sie nach einer Weile, in Polen, allerbeste Freundin. Wir wohnten in einem klitzekleinen Dorf. Jeder kannte jeden, nur zehn, elf Häuser, verstehst du? In einem Haus wohnte ich mit Mama, Papa und sechs Brüder, und daneben wohnte Katja und Katjas

Papa und Katjas kleine Schwester. Katjas Mama war davongegangen mit einem Mann vom nächsten Dorf, Katja war neun Jahre alt damals. Ihre Mama ist niemals wiedergekommen.
Die Bitschek sucht im Fensterglas nach ihrer Geschichte, und ich löffle das Fenchelgemüse, Bratko kommt zur Küchentür herein. Er sieht unglaublich zerzaust aus und hat einen blutigen Kratzer quer über der Nase. Vielleicht von seiner Geliebten, denke ich, oder von einem Nebenbuhler.
Bis ihre Mama ging, spielen wir jeden Tag im Hof miteinander, gehen gemeinsam zur Schule und haben Geheimnisse miteinander. So wie kleine Mädchen das haben. Aber dann … An einem Tag kommt nicht zur Schule, bleibt einfach weg, keiner weiß, wieso. Keiner fragt, wieso. Ich auch nicht. Vielleicht krank, denke ich. Nächsten Tag auch keine Katja in der Schule. Nach der Schule geh ich hin und frag, denke ich, aber ich frag nicht. Ich treff ihren Papa, unten im Hof, sitzt da und liest Zeitung. Na wie geht's, sagt er, und ich steh da und trau mich nicht fragen, wo ist Katja.
Ich lege den Löffel neben meine leere Schüssel, mir wird ein bisschen unbehaglich bei Frau Bitscheks Geschichte. Ihr Gesicht sieht traurig und zerfurcht aus. Das Baby ist eingeschlafen.
Am nächsten Tag ist Katja da. In der Schule. Sitzt neben mir und redet nichts. Sieht blass aus, und ich denke, vielleicht immer noch bisschen krank. Vielleicht tut ihr frische Luft gut, drum frag ich, ob wir in die Felder gehen.

Zusammen, so wie wir das früher jeden Tag gemacht haben. Aber Katja sagt nur: Nein, das geht nicht, und als ich frage, warum, sagt sie, sie muss daheim helfen, sie kann jetzt nicht mehr spielen, jeden Tag, weil ihre Mama weg ist, und was früher die Mama gemacht hat, muss sie jetzt machen. So war das. Nix mehr spielen. Nix mehr in die Felder laufen. Nur noch Arbeit. Ab da kommt Katja nicht mehr oft zur Schule. Und wenn, dann reden wir nicht. Sitzt nur neben mir mit weißem Gesicht und redet nicht.

Bratko springt auf meinen Schoß, das hat er noch nie gemacht, er riecht nach Sonne und warmen Hausdächern, er kauert sich auf meinen Knien zusammen. Darüber bin ich ganz froh, da muss ich die Frau Bitschek nicht mehr ansehen. Ich wünschte, sie würde die Geschichte nicht zu Ende erzählen. Ich will nicht wissen, was mit Katja passiert ist. Aber die Bitschek redet weiter, sie scheint nicht zu spüren, wie unwohl ich mich fühle, oder vielleicht spürt sie es und redet gerade deswegen weiter.

Einmal kommt sie zur Schule, trägt langen Pullover im August, und ich frag sie: Ist dir nicht heiß, und sie sagt: Nein, geht so. Aber später im Mädchenklo, sehe ich, Katja wäscht sich die Hände, krempelt die Ärmel zurück … ganze Arme voller Ausschlag, und ich trau mich nicht fragen, wieso, und als Katja mich sieht, versteckt sie Arme auf Rücken, schämt sich, läuft weg. Wir sind keine Freundinnen mehr. Ich hab andere Freundin, und Katja hat niemand mehr.

Als Frau Bitschek zu reden aufhört, wiegt das Schweigen

schwer zwischen uns. Mechanisch streichle ich Bratkos staubiges, warmes Fell. Es ist so still, dass man sogar das Baby atmen hört, das Baby und Bratkos Schnurren. Dann redet die Bitschek weiter.
Zwei Jahre später kommt Katja gar nicht mehr zur Schule. Ich sehe sie oft am Fenster stehen. Einmal winke ich, aber sie zieht die Vorhänge zu, ganz schnell. Die kleine Schwester spielt ab und zu auf dem Hof, sie ist gerade acht geworden, sieht aus wie Katja früher, gesund und lustig, manchmal rede ich mit ihr, aber ihr Papa mag das nicht, wenn er uns erwischt, er wird böse. Ruft sie ins Haus. Er schlägt nicht, sagt sie, trotzdem sie hat Angst. Nochmal zwei Jahre später, beide Mädchen sind tot. Jemand findet sie im Wald, zwischen die Felsen. Da wo ich herkomm, gibt's viele Felsen. Von einem sind sie gesprungen. Keiner will wissen, warum. Ich weiß es. Die ganze lange Zeit weiß ich. Aber ich hab auch nix gesagt. Genauso feige wie alle andern.
Sie legt das Baby vorsichtig neben sich auf die Bank, es wacht nicht auf davon, verzieht aber unwillig die Mundwinkel.
Warum erzählen Sie mir das, sage ich und erkenne meine Stimme kaum wieder, so unwirklich klingt sie in meinen Ohren.
Mädchen, Mädchen …, sagt die Bitschek.
Sie greift über dem Tisch nach meinem Arm, aber ich ziehe ihn weg, ruckartig, so heftig, dass Bratko davon erschrickt und mich anfaucht.
Du weißt auch, warum sie gesprungen sind. Katja war

stark, hielt alles aus, die vielen Nächte mit dem Vater. Aber ihre Schwester konnte sie nicht schützen. Sie glaubte, sterben ist besser …

Besser als was, sage ich.

Besser als Leben, das sie hatte, und besser als reden. Verstehst du? Du kannst Sache nur ändern, wenn du redest.

Ich verstehe nicht, sage ich böse, ich verstehe gar nichts, ich verstehe nicht, warum Sie mir diese schreckliche Geschichte erzählen, damit hab ich nichts zu tun. Das verstehen Sie nicht. Nichts habe ich mit so etwas zu tun.

Ich scheuche Bratko von meinem Schoß und springe vom Stuhl, das Baby wacht auf, brüllt, der Klang meiner Stimme hat es geweckt, es brüllt, als wollte ihm jemand an den Kragen, und die Bitschek beeilt sich, es hochzunehmen.

Malvina, sagt sie, bleib sitzen, bitte …

Als ich zur Tür haste, kommt sie mir nachgelaufen, sie stemmt ihren Fuß gegen die Tür, weil sie wegen des Babys keine Hand frei hat.

Du musst reden, Malvina, sagt sie eindringlich, dann gibt sie die Tür frei, lässt mich hinaus, hinein in die Arme meines Opas, er steht im Treppenhaus, vielleicht hat er an der Tür gelauscht.

Er zerrt mich in die Wohnung, zerrt mich am Handgelenk, das Handgelenk, das ich mir gestern verstaucht habe. Er hat mich noch nie geschlagen, aber jetzt hab ich plötzlich Angst, dass er es tut, weil ich bei der Bitschek

war, wegen der Geschichte. Von der Geschichte kann er nichts wissen, aber er spürt es. Er spürt, über was die Bitschek mit mir geredet hat. Er sieht aus wie ein in die Enge getriebenes Tier. Unberechenbar und wütend.
Du gehst nie wieder zu dieser Frau!, schreit er.
Er betont jedes einzelne Wort, überdeutlich, brüllt genau neben meinem Ohr.
Hast du das verstanden!
Wir stehen uns im Wohnzimmer gegenüber. Er hat die Tür hinter uns zugeschlagen, damit man sein Gebrüll nicht hören kann. Er atmet schwer, vielleicht bekommt er einen Herzinfarkt, denke ich, dann wäre alles vorbei. Alles. Schlagartig.
Hast du mich verstanden, brüllt er nochmal und gräbt seine Finger in meine Schultern.
Das hätte deine Oma nicht gewollt, sagt er, diesmal leiser, und sein Auge flackert gefährlich.
Das mit deiner Oma ist wegen dir passiert, das weißt du, oder? Darüber bist du dir klar.
Ich schmecke seinen schalen Atem im Gesicht.
Ich bin daran nicht schuld, sage ich und spüre, wie Tränen in mir aufsteigen, ich dränge sie zurück, schlucke, damit sie unten bleiben, in meinem Bauch, da wo sie hingehören.
Doch, das bist du, Malvinchen, das bist du.
Er schiebt mich langsam rückwärts aufs Sofa zu.
Solange wir glücklich waren, wir drei, ging alles gut. Du warst glücklich, die Oma war glücklich, und ich auch. Aber dann, dann hast du diese Freundin mitgebracht,

einmal, zweimal, dann immer öfter. Kannst du dich erinnern, Malvina?
Ich nicke, denn daran kann ich mich erinnern. Lizzy. Die Beste von allen. Sie hat mich gerettet. Sie kam in mein Leben geschneit, und plötzlich war alles gut. Ich konnte vergessen, und ich vergaß gründlich. Alles. Alle Freitagnachmittage. Alles, was sich hinter der verschlossenen Badezimmertür zugetragen hatte, und ich konnte wieder leben. Ich hatte keine Angst mehr. Aber alles hat seinen Preis.
Sie ist wegen dir gestorben, sagt Opa, wegen dir. Du wolltest kein Opfer mehr bringen. Aber das muss man im Leben. Man muss für andere da sein. Für Menschen, die man liebt. Das wirst du noch lernen müssen.
Sie hatte Krebs, sage ich hilflos.
Opa sieht mich voller Verachtung an, dann ändert sich seine Miene, sein Gesicht wird weich, er lässt meine Schultern los und nimmt mein Gesicht in beide Hände.
Ja, das hatte sie, sagt er leise, und du hättest ihr helfen können, Malvinchen.
Mit einer müden Handbewegung streicht er über meine Wangen, dann dreht er sich um. Ich höre seine Schritte, wie er ins Bad geht. Der Boiler springt an.
Ich lasse uns ein Bad ein, Malvinchen, sagt er, so wie früher.

Dienstag

Lizzy. Eines Tages war sie da. Vor mir bei Frau Neumann in der Klavierstunde. Während ich im Vorraum zu Frau Neumanns Musikzimmer darauf wartete, dass ich drankam, konnte ich hören, wie fürchterlich Lizzy Klavier spielte. Sie traf keinen Ton, sie hämmerte mit Begeisterung in die Tasten und trieb Frau Neumann von einer Verzweiflung in die nächste. Pünktlich um zwei war ihre Stunde vorbei, dann witschte sie wie der Blitz durch die Tür, und weg war sie, dabei grinste sie mich freundlich an, blieb aber nie, um zu reden. Ein paar Wochen wiederholte sich dieses Schauspiel, Stunde für Stunde, und dann redete sie mit mir.

Jetzt hab ich sie bald so weit, flüsterte sie, bevor sie die Treppen hinunterrannte.

Wie weit?, flüsterte ich zurück.

Dass sie mich rausschmeißt, sagte Lizzy.

Ab da hielt sie mich über den Stand der Dinge auf dem Laufenden. Sie erzählte, dass ihre Mutter seit Neuestem in einer Schule für musische Früherziehung arbeitete, als Pädagogin, und seitdem war sie auf dem Trichter, dass Lizzy davon profitieren sollte.

Ich hab gesagt, Schlagzeug wäre das Richtige, sagte Lizzy, aber davon wollte sie nichts wissen.
Jedes Mal, wenn wir im Vorraum aufeinandertrafen, redeten wir kurz miteinander, nur so lange, wie Frau Neumann brauchte, um die Noten zu sortieren und die Klaviertasten mit Sagrotan zu reinigen. Die Frau Neumann hat nämlich einen Tick. Sie fühlt sich ständig durch Bakterien bedroht, und deswegen desinfiziert sie ihr Klavier nach jeder Stunde.
Bis zu dem Tag, als Frau Neumann Lizzy tatsächlich rausschmiss, kamen wir nicht auf die Idee, uns nachmittags zu treffen, aber an dem Tag wartete Lizzy auf mich. Obwohl Winter war und sie sich im eiskalten Treppenhaus den Hintern wegfror.
Hi, sagte sie, na, was sagst du, ich hab's geschafft.
Wir grinsten uns an, und dann nahm ich Lizzy mit zu Oma und Opa, Lizzy brauchte gar nicht lange zu überlegen, es war, als wäre sie schon immer mit mir die paar Meter bis zum Wohnblock meiner Großeltern gelaufen. Wir schlenkerten unsere Notentaschen und bewarfen uns mit Schneebällen, mit Lizzy war alles großartig.
Bei meiner Oma halfen wir uns bei den Schularbeiten, sie war in Mathe besser und ich in Deutsch. Wir stellten fest, dass wir nicht weit voneinander entfernt wohnten, Lizzy aber in eine andere Schule ging als ich, in eine Privatschule, die ihr Vater bezahlte, weil er ein schlechtes Gewissen wegen der Sache mit Annegret hatte. Sie sagte, er kann ruhig die Schule bezahlen, das ist ihr lieber, als wenn er bei ihnen daheim rumhängt. Später hörten wir

Opa nach Hause kommen, und Oma verzog sich in die Küche. Sie sah nervös aus und behauptete, sie müsse den Abwasch machen, aber der Abwasch war schon gemacht, sie wollte bloß meinem Opa nicht begegnen.
Wo ist denn mein Malvinchen, rief er, und Lizzy begann zu kichern. Sie tippte sich an die Stirn.
Der spinnt ein bisschen, oder?, flüsterte sie.
Ich rückte näher zu ihr, weil ich jetzt doch Angst bekam, aber das war nicht nötig, Opa kam herein und sah uns beide am Tisch sitzen, und er traute sich nicht, vor Lizzy Theater zu machen. Er war ganz freundlich, brachte uns Schokolade und Gummibärchen, dann setzte er sich in seinen Sessel und beobachtete uns.
Ich hatte gewonnen.
Ab da kam Lizzy jedes Mal mit. Wir trafen uns unten, bei Frau Neumann, wir gingen zu Opa und Oma, und nichts passierte, es kehrte Ruhe ein. Ich fühlte mich sicher.

Es wird nicht lange dauern, und genau hier, wo ich jetzt stehe, werden Leute ihre Einkaufswagen durch lange Reihen mit bunt verpackten Lebensmitteln schieben, sie werden nicht wissen, dass die Erde übersät war von Gänseblümchen und Löwenzahn, sie werden nicht wissen, dass kleine Tiere ihre Nester in die vielen Winkel und Nischen der Villa bauten und die Tauben in den Balken wohnten. Davon werden sie keine Ahnung haben, sie werden an der Kasse stehen und sich ärgern, weil alles viel zu langsam geht, weil das Geld wieder nicht reicht und die Kinder quengeln. Jetzt ist niemand hier. Der Wind hat sich gelegt, bald ist der April vorbei, und der Sommer wird über den Wiesen flirren und meine Haut auf den Schultern verbrennen.

Ich steige die Stufen zum Dachboden hinauf und versuche mir alles einzuprägen, damit ich nichts vergesse: das Knarren des Holzes, die Risse in den Wänden, den Brandgeruch, der immer noch im ersten Stock zwischen den Wänden hängt. Der böse Friederich. Ich nehme das Bild aus dem Rahmen, falte es zweimal in der Mitte und stecke es in die Hosentasche. Nichts will ich vergessen, ich will, dass alles in meinem Inneren bewahrt bleibt, unverändert. Alle Geschichten, das Geräusch, wenn man barfuß die Treppen hinunterläuft. Lizzys Lachen zwischen den Balken und das Gurren der Tauben.

Ich lasse mich rückwärts mit geschlossenen Augen in meinen Matratzenhaufen fallen und kann nicht glauben, dass alles nicht mehr da sein wird, sogar der Geruch wird verschwinden, stattdessen wird es nach Putzmittel riechen und Abgasen und Klimaanlage.

Klatsche, denke ich, Klatsche, Klatsche, Klatsche.

Ich wünsche mir, dass er hier wäre und meine düsteren Gedanken vertreibt. Die Villa, mein Opa, die Bitschek, ihre Geschichte von gestern.

Ich kann mir vorstellen, wie Katja sich gefühlt hat, als sie mit ihrer kleinen Schwester vom Felsen sprang. Ohne Ausweg. Rettungslos. Allein. Ich sehe die beiden vor mir, wie sie einen kleinen Pfad entlanglaufen, Katja voraus, entschlossen, sie zieht ihre Schwester hinter sich her, bergauf, immer weiter bergauf, die Kleine kann kaum Schritt halten, aber Katja macht keine Pause. Sie hat ihre Gedanken abgestellt, irgendwann hat sie den Knopf gefunden. Aus. Da war er zu weit gegangen, war morgens aus dem Zimmer ihrer Schwester gekommen, gähnend, noch Schlaf in den Augen. Im Flur rempelte er sie an, stieß sie aus dem Weg. Sie hörte ihre Schwester weinen, leise, nur ein Wimmern, wie ein kleines verletztes Tier. Mit den Fäusten ging sie auf ihn los. Du Schwein, brüllte sie, du Schwein! Und jetzt hetzt sie die Felsen hinauf, und die Kleine wiegt hundert Kilo an ihrem Arm. Vielleicht bricht die Dämmerung herein, als sie die Felsen erreichen, man sieht sie nicht, nicht von da, wo Katja und ihre Schwester stehen, aber Katja weiß, wo sie sind. Ein gerades Stück, fünfzig Meter, Moose und Flechten wachsen auf den Steinen, und dahinter fallen sie jäh ab, hundert Meter in die Tiefe. Wir müssen laufen, sagt Katja, mach die Augen zu und renn. Die Kleine hat keine Angst, für sie ist es ein Spiel, sie vertraut Katja, deswegen läuft sie, so schnell sie kann, lacht dabei und breitet die Arme aus.

Dann fliegen sie.

Ihre Kleider blähen sich, es ist ganz still in den Bergen.

Ein Schatten fällt über mein Gesicht, so wie damals, vor fast zwei Wochen.

Was willst du hier, sage ich, ohne die Augen zu öffnen.

Wie geht's deinem Arm?, fragt Klatsche.
Ich halte meinen Arm in die Höhe, das Gelenk ist geschwollen, ich hätte Salbe draufmachen sollen, dann wäre es jetzt nicht so schlimm. Klatsche fasst das Gelenk an, seine Finger sind kühl und trocken.
Wenigstens ist nichts gebrochen, sagt er, ich dachte schon, wir müssen den Arzt holen, als du so durch die Luft geflogen bist. Ich hab noch nie jemanden so weit springen sehen.
Ich auch nicht, sage ich und muss grinsen.
Ich öffne die Augen, Klatsche hält meine Hand immer noch fest, er sitzt neben mir auf der Matratze, und ich will die Hand nicht wegziehen. Es ist in Ordnung, wenn er sie festhält. Dann tut sie weniger weh. Na ja, vielleicht bilde ich mir das auch nur ein.
Hast du geübt?, fragt er.
Nö, sage ich, ich bin ein Naturtalent im Schaukelweitsprung. Wenn das mit der Landung besser klappt, geh ich zum Zirkus.
Mit seinem Daumen streichelt er meinen Handrücken, mehr traut er sich nicht, und das würde ich ihm auch raten. Ich bin wie eine wilde Katze. Immer auf der Hut, alle Sinne geschärft und bereit zum Absprung. Er weiß das, und deswegen ist er vorsichtig. Langsam und ohne meine Hand loszulassen, legt er sich neben mich, auf den Rücken, meine Hand auf seiner Brust, ich kann seinen Herzschlag spüren. Wir liegen da und sehen den Wolken zu, wie sie über uns ziehen, schwerelos tauchen sie am Dachfirst auf und kreuzen unseren Blick.

Willst du meinen Namen jetzt wissen?, frag ich und bin über mich selbst erstaunt.
Klatsche ist auch erstaunt, er dreht sein Gesicht zu mir, eine winzige Feder hängt in seinen Wimpern.
Malvina, sage ich, die Hüterin des Rechts.
Das ist die wahre Bedeutung meines Namens. Ich bin die Hüterin des Rechts, und während ich es ausspreche und dabei in Klatsches Gesicht sehe, wird mir zum ersten Mal bewusst, was es wirklich bedeutet. Was es wirklich heißt, die Hüterin des Rechts zu sein. Es bedeutet, dass ich meine Rechte hüten muss, mein Recht zu leben, das Recht, mich zu wehren, das Recht zu reden. Ich muss mich schützen. Wenn Klatsche so neben mir liegt, hört sich das einfach an, als müsste ich nur hinausgehen und sofort damit beginnen; Klatsche macht, dass ich mich stark fühle, aber was ist, wenn Klatsche nicht da ist?
Malvina, sagt er, Malvina, die Meisterin des Schaukelweitsprungs.
Wir müssen beide lachen, und Klatsche wälzt sich auf die Seite, damit er mich besser ansehen kann. Die Matratze gibt unter seinem Gewicht nach, und ich rolle ein kleines Stück zu ihm hinüber. Das ist ein bisschen peinlich, mir zumindest, denn für Klatsche ist das anscheinend ganz normal, wenn man nebeneinanderliegt und sich an den Händen hält. Er sieht überhaupt nicht nervös aus.
Am Anfang hab ich immer gedacht, du willst dich nur wichtig machen, sagt er, aber jetzt glaube ich langsam, du bist einfach so.
Wie, *so,* sage ich.

Na ja, so wie du eben bist, verrückt und sprunghaft, manchmal nett und manchmal zum Kotzen.
Danke, sage ich und bin etwas beleidigt.
So sieht er mich also, *zum Kotzen.*
Das hab ich nicht so gemeint, sagt er schnell, meistens finde ich dich schon nett … nur, ich verstehe oft nicht, warum du so bist.
Er stützt sich auf den Ellbogen ab, sein Haar, das er heute ausnahmsweise nicht zu einem Zopf gebunden hat, streift über mein Gesicht. Ich bin froh, dass es langsam dämmrig hier oben wird, da kann er nicht sehen, dass ich ganz rot bin vor Verlegenheit. Ich bekomme schließlich nicht jeden Tag von einem Jungen gesagt, dass er mich nett findet.
Ich finde dich auch nett, sage ich und werde noch röter.
Wenn sie die Villa nicht abreißen würden, hätten wir sie teilen können, sagt Klatsche, du, deine Freundin, meine Freunde und ich.
Lizzy hasst euch, antworte ich, den Teufel hätte sie getan.
Das stimmt wirklich. Ich befürchte, Lizzy trifft der Schlag, wenn ich ihr von Klatsche erzähle. Sie hätte die Villa nie geteilt. Zumindest glaube ich das. Ich habe wirklich etwas Angst vor dem Moment, wenn ich ihr erzählen muss, was in den Osterferien passiert ist. Und das muss ich wohl.
Wir haben uns letztes Jahr wirklich blöd benommen, sagt Klatsche.

Mmmm, ihr vor allem, sage ich, die Sache mit der Regentonne war wirklich gemein.
Der Himmel über uns färbt sich langsam rosa, bald wird es ganz dunkel sein. Meine Eltern machen sich bestimmt Sorgen, wo ich bleibe, aber das ist mir egal. Vielleicht rufen sie bei Opa an, er wird ihnen sagen, dass ich um halb sieben gegangen bin, pünktlich. Ich hoffe, dass er sich auch Sorgen macht, dass er richtig Angst bekommt, mir könnte etwas zugestoßen sein. Er soll vor Angst die ganze Nacht nicht schlafen können.
Musst du nicht nach Hause?, sagt Klatsche, als hätte er meine Gedanken gelesen.
Ich schüttle den Kopf.
Du?
Ich bleibe, solange du bleibst, sagt er und zieht den Vorhang wie eine Bettdecke über uns beide.
Es ist kuschelig und warm in den Feldmäusekissen, ich rolle mich auch auf die Seite und schmiege meinen Rücken an Klatsches Brust, ich spüre seinen Atem im Nacken und seinen Arm auf meiner Hüfte. Er versucht nicht, mich zu küssen, wir liegen nur da, nebeneinander. Schon bald hat die Dämmerung alle Konturen verschluckt, nur die Tauben heben sich als dunkle Punkte gegen den Himmel ab.
Wirst du deiner Freundin von uns erzählen?, fragt Klatsche.
Was soll ich denn erzählen?, frage ich zurück und befürchte eine ängstliche Sekunde lang, Klatsche ist sauer oder findet, dass es nichts zu erzählen gibt.

Na, du weißt schon, sagt er.
Ich spüre, dass er lächelt, außerdem berührt seine Nasenspitze meinen Hals, ganz leicht, davon bekomme ich überall Gänsehaut. Nasenspitzen am Hals sind überhaupt das Beste, finde ich, das muss ich Lizzy auf jeden Fall erzählen.
Klar erzähle ich ihr *du weißt schon was*, sage ich.
Dann ist es wieder still, anscheinend ist hiermit alles zwischen uns geklärt. Mehr brauchen wir nicht zu reden, Klatsche hält mich im Arm, und über uns schlafen die Tauben.

Wir werden Nachtwache halten, das tut man, wenn jemand gestorben ist, und wir halten Nachtwache, weil morgen die Leute kommen, die die Villa abreißen. Klatsche sagt, das ist, als würden wir ihr die letzte Ehre erweisen, und das hat sie schließlich verdient. Wir vertreiben uns die Zeit, indem wir uns gegenseitig Geschichten aus unserem Leben erzählen. Klatsche erzählt von seinen Eltern, die wollen sich scheiden lassen, obwohl sie erst das Haus in der Neubausiedlung gekauft haben. Sie dachten, sagt er, sie können die Ehe mit dem Haus retten. So ein Blödsinn. Aber Klatsche ist nicht traurig deswegen. Er mag das Haus ohnehin nicht, und seine Eltern findet er auch ziemlich bescheuert. Vielleicht zieht er dann weg, sagt er, mit seiner Mutter, denn sein Vater ist noch schlimmer, der brüllt immer rum und so. Was er über seinen Vater sagt, erinnert mich an meinen eigenen Vater. Vielleicht sind alle Väter gleich. Vielleicht fangen

sie an komisch zu werden, sobald ihre Frauen Kinder bekommen, überlege ich. Oder waren sie schon immer so, und man merkt es bloß vorher nicht. Ich stelle mir Klatsche mit Halbglatze vor, aber das gelingt mir nicht besonders gut. Klatsche ist anders, er wird nie so werden wie die anderen Erwachsenen. Genauso wie Lizzy und ich. Wir werden auch nie so. Da passen wir auf, Lizzy auf mich und ich auf Lizzy, und auf Klatsche kann ich notfalls auch aufpassen.
In zwei Jahren bin ich achtzehn, sagt er, dann geh ich sowieso weg.
Er erzählt auch von Pokerface, Pfütze und Hubba Bubba, die heißen natürlich in Wirklichkeit ganz anders. Pokerface ist sein bester Freund, sein allerbester Freund, was die anderen sagen, ist Klatsche egal, aber er glaubt, Pokerface mag mich, der Sprung von der Schaukel gestern hat ihm wohl mächtig imponiert.
Vielleicht können wir ihn mit deiner Freundin verkuppeln, sagt Klatsche, aber das halte ich für keine so gute Idee. Lizzy würde mich umbringen, wenn ich sie verkuppeln würde. Sie würde mir die Freundschaft kündigen.
Ich erzähle nicht so viel wie Klatsche. Alles, was mit Opa zu tun hat, spare ich sorgfältig aus, auch über meine Oma rede ich nicht, dafür erzähle ich umso mehr von Lizzy. Ich erzähle so viel, bis Klatsche Angst bekommt und mich unterbricht.
Aber wenn Lizzy mich nicht leiden kann, treffen wir uns trotzdem …, sagt er.
Ich weiß nicht, woher ich meinen Mut nehme, er kommt

von ganz weit unten oder aber von ganz weit oben, je nachdem von welcher Seite aus man ihn betrachtet. Wahrscheinlich kommt er geradewegs von Gott, wenn es ihn gibt. Jedenfalls drehe ich mich zu Klatsche um. Ich umarme ihn ganz fest, so fest ich kann, damit er weiß, dass ich es ernst meine.

Ich versprech's dir, sage ich.

Klatsche drückt sein Gesicht in meine Halskuhle. Er weiß nicht, dass ich normalerweise keine Versprechen gebe. Nicht einmal Lizzy. Niemandem.

Irgendwann schlafen wir trotzdem ein, obwohl wir wach bleiben wollten und obwohl es so viele Dinge zu bereden gibt und ich mich an Klatsches Stimme nicht satt hören kann. Der Vorhang ist um uns gewickelt wie ein luftiger, gesponnener Kokon. Wir sind die Raupenkinder, die aneinandergeschmiegt auf ihre Verwandlung warten, und die Villa ist ein großes, schlafendes Tier. Sie verbirgt uns in ihrer letzten Nacht, und der Mond hängt über den Bäumen.

Mittwoch

Ich kann mich genau an den Moment erinnern, an dem meine Wut auf Klatsche verrauchte. Meine Faust traf seine Nase, das machte ein kleines, knackendes Geräusch, das nur wir beide hörten, vielleicht hörten wir auch gar nichts, und meine Erinnerung spielt mir einen Streich, denn eigentlich war es viel zu laut für kleine, knackende Geräusche.

Lizzy brüllte, die Jungs polterten durch die eingetretene Tür, und Klatsches Blut verteilte sich über den Holzboden und mein T-Shirt. Meine Wut verrauchte.

Durch den Schleier, den die Zeit über Geschehnisse breitet, wenn Dinge sich überschlagen, alles viel zu schnell geht und man wie unbeteiligt am Rand steht, sah ich, wie Klatsche seinen Arm hob und die Hand vors Gesicht drückte. Er taumelte rückwärts, wie in Zeitlupe, gegen Pfützes Brust und Pfütze gegen Pokerface, dann drehten sie um und stolperten durch das Loch in der Tür nach draußen.

Lizzy und ich sahen uns an.

Wenn sie zurückkommen, flüsterte ich.

Wir schoben einen alten Schuhschrank vor das Loch, von draußen drang kein Laut zu uns herein.

Scheiße, ich glaub, du hast ihm die Nase gebrochen, sagte Lizzy.
Das glaubte ich auch. Wahrscheinlich muss er operiert werden, meinte Lizzy. Sie meinte, die Jungs kommen bestimmt nicht wieder, weil sie Klatsche ins Krankenhaus bringen. Wir stellten uns vor, wie sie ihn durch neonbeleuchtete Gänge schoben, in einen Operationssaal. Dort würden sie seine Nase wieder zusammenflicken.
Wenn meine Eltern das rauskriegen, bringen die mich um, sagte ich.
Meine Mutter bringt mich auch um, sagte Lizzy, du weißt ja, was sie von Gewalt hält.
Wir trösteten uns damit, dass wir wenigstens gemeinsam die nächsten Tage nicht überleben würden, wenn Klatsche petzte. Das war ein ziemlich schwacher Trost. Schließlich waren wir noch jung und hatten noch viele spannende Dinge vor uns.
Ich hab noch nicht mal meine Tage, sagte Lizzy, das ist echt traurig.
Ich auch nicht, sagte ich.
Wir hatten noch nie über unsere Tage gesprochen, und ich war plötzlich unheimlich erleichtert, dass Lizzy sie auch noch nicht hatte. Ich glaube, Lizzy ging es genauso.
Es war wirklich Sünde, fanden wir, zu sterben, bevor man seine Tage hatte und einen richtigen Busen. Bloß Brustwarzen, das zählt nicht.
Und wir waren noch niemals verliebt, sagte Lizzy.
Das war mit Abstand das Schrecklichste. Man konnte

einfach nicht sterben, bevor man nicht richtig verliebt gewesen war. Das war unmöglich.
Lieber Gott, sagte ich, bitte mach, dass Klatsche nicht petzt.
Lizzy nickte.
Und mach, dass sie seine Nase wieder hinbekommen, fügte sie hinzu.
Ich weiß nicht, ob es an dem Gebet lag, aber Klatsche petzte nicht. Tagelang warteten wir darauf, dass etwas Schlimmes passiert. Dass die Polizei uns daheim abholt, wegen Körperverletzung. Das war natürlich Blödsinn, aber wir fürchteten uns trotzdem. Wir liefen nachmittags zur Villa und sahen zu, wie die Blutflecke langsam verblassten und mit der Färbung des Holzes verschwammen. Irgendwann vergaßen wir die Jungs, und die Sommerferien waren vorbei.

Im Morgengrauen kommen die Bagger. Sie rollen langsam den Hügel hinunter, wie gelbe, eckige Monster. Wir wachen von ihrem Lärm auf, vom Gebrüll der Motoren und vom Krachen des Zaunes, über den sie einfach hinwegfahren, als wären es keine Zaunlatten, sondern Zahnstocher. Klatsche und ich streifen den Vorhang ab.
Schnell, sagt Klatsche, steh auf.
Ich weiß nicht, was er vorhat, ich stehe fassungslos am Fenster und sehe zu, wie die Maschinen sich durch den Garten wühlen. Sie verwandeln das biegsame Gras in

braune, eingestampfte Erdlöcher, und mit ihren Schaufeln reißen sie Rinde aus den Stämmen der Apfelbäume. Hinter mir schleppt Klatsche Dinge durch den Raum. Als ich mich umdrehe, sehe ich, dass er lose Bretter über die Luke zur Treppe gelegt hat.

Hilf mir, sagt er.

Wir schleppen gemeinsam die Matratze zur Luke und ziehen sie über die Bretter. Die Matratze ist schwer, ich denke daran, wie ich sie alleine hier raufgeschleppt habe, ewig ist das her, denke ich, hundert Jahre vielleicht. Das letzte Stück war am schlimmsten, weil die Stiege so eng ist, ich musste mich von unten gegen die Matratze stemmen, mit aller Kraft, die ich hatte. Jetzt mit Klatsche ist es ein Kinderspiel.

Draußen ersterben die Motoren, wir hören Männerstimmen, wir können nicht verstehen, was sie sagen, sie lachen miteinander. Ich setze mich im Schneidersitz auf die Matratze und hab ein bisschen Angst, dass sie die Villa einfach unter unserem Hintern wegsprengen.

Bumm! Alles fliegt uns um die Ohren, und wir werden unter den Mauerteilen begraben. Das könnten sich die Leute im Supermarkt dann hinter vorgehaltener Hand erzählen, während sie an der Wursttheke stehen: Wisst ihr noch, das Liebespaar, das hier gestorben ist, schreckliche Sache, ganz schrecklich … Sie würden sich gruseln dabei und die Geschichte romantisch finden, fast so romantisch wie Romeo und Julia.

Warte hier, sagt Klatsche, dann klettert er in die Balken, geschmeidig, bis zum Dachfirst, die ersten Sonnenstrah-

len streifen über seine Gestalt, er balanciert am höchsten Punkt, um ihn herum flattern die Tauben, das sieht wunderschön aus. Er sieht aus wie ein Prinz, der Prinz der Tauben.
Mit ausgebreiteten Armen steht er ganz ruhig, so hält er Balance, die Männer sehen ihn noch nicht, obwohl sie nur ihren Blick zu heben bräuchten.
He!, schreit er, als er sicher steht, und alle drehen sich nach seiner Stimme um und suchen den Himmel nach ihm ab.
He, schreit er nochmal, ihr könnt die Villa nicht abreißen! Wir sind hier drin, und wir gehen nicht weg!
Die Männer entdecken ihn, sie treten ein paar Schritte zurück und legen die Hände über die Augen.
Junge, mach keinen Scheiß!, schreit einer.
Du brichst dir bloß dein Genick!
Klatsche schüttelt den Kopf.
Wir gehen hier nicht weg, schreit er zurück.
Es ist gut, die Villa nicht kampflos aufzugeben, und dass wir kämpfen, erfüllt mich mit einem aufgeregten, stolzen Gefühl. Wir beschützen die Villa, Klatsche und ich, Klatsche, der Prinz der Tauben, und ich, Malvina, die Hüterin des Rechts. Nur schade, dass Lizzy nicht hier ist. Sie würde nicht glauben, wie mutig ich bin.
Wir geben euch fünf Minuten! Kommt besser raus, sonst gibt's Ärger!, schreit ein anderer.
Klatsche lässt sich einfach fallen und landet genau vor mir. Wir lächeln uns an, es ist, als würde es nur uns beide geben.

Wir sind Hausbesetzer, flüstere ich und nehme seine Hand.
Klatsche nickt.
War ’ne gute Idee, oder?, fragt er.
Vielleicht kommen wir ins Gefängnis, wenn sie uns erwischen, aber eine gute Idee war es trotzdem, sage ich.
Klatsche macht sich keine Sorgen.
Die erwischen uns nicht, sagt er, man muss nur aufpassen, wie im Film.
Draußen ist es still, anscheinend sind die fünf Minuten noch nicht um. Jetzt färbt die aufgehende Sonne den ganzen Dachboden rot, als würden Engel ihre Farbeimer über uns gießen, sie gießen das Sonnenlicht in jeden Winkel, und ich bin plötzlich ganz schrecklich dankbar, dass ich hier bin, mit Klatsche, und ich denke, dass es sich lohnt zu kämpfen. Allein wegen der Villa, der Stille des Morgens, der aufgehenden Sonne und Klatsches Gesicht, zerknittert von den Feldmäusekissen.
Wir sind schließlich die Guten, sagt er, und die Guten gewinnen immer.
Wir rücken näher zusammen und umschlingen uns mit den Armen. Ich lege meine Beine über Klatsches Beine und meinen Kopf auf seine Schulter.
Glaubst du, wir sind schwer genug?, flüstere ich.
Klar, sagt Klatsche, ich wiege fast siebzig Kilo.
Das beruhigt mich, denn ich wiege nur zweiundfünfzig Kilo, und Paul sagt immer *Fliegengewicht* zu mir und dass er mich locker mit dem kleinen Finger hochheben könnte. Solche Bauarbeiter haben bestimmt jede Men-

ge Kraft. Die müssen schließlich täglich Zementsäcke schleppen, und wenn ich mich nicht verrechne, bin ich nur so schwer wie ein einziger Zementsack, die würden mich locker von der Luke stemmen, samt Matratze. Zum Glück kann immer nur einer stemmen. Die Treppe zum Dachboden ist so schmal, da finden niemals zwei Männer Platz. Vor allem keine Bauarbeiter, die sind ja meistens ziemlich dick.

Darf ich dich was fragen, Malvina?, sagt Klatsche.

Er streichelt mit seinen Händen über meinen Rücken, gleichmäßig, wie mein Atem.

Ich nicke, obwohl er das natürlich nicht sehen kann, aber er spürt es, er streichelt weiter, und ich denke, vielleicht hat er vergessen, was er fragen wollte, weil er ziemlich lange streichelt und nichts sagt.

Warum musst du wirklich zu deinem Opa, fragt er dann, und der Schreck fährt eiskalt in meinen Körper, Klatsche merkt davon nichts, er spürt nicht, wie mir der Atem stockt, wie er unter seinen Händen fliegt.

Ruhig, denke ich, ganz ruhig, er weiß immer noch nichts, und er wird es auch niemals erfahren.

Und dann denke ich, wer sich in Gefahr begibt, kommt darin um.

Das sagt meine Mutter oft, damit ich vorsichtig bin. Ich finde diesen Spruch normalerweise ziemlich doof. Ich sag dann immer: Quatsch, Mama, ich kann doch aufpassen. Aber das traut sie mir nicht zu. Sie meint, ich renne von einem Unglück ins nächste.

Jetzt passt dieser Spruch richtig gut. Wer sich in Gefahr

begibt, kommt darin um. Wenn ich mit Klatsche befreundet bin, dann wird er immer fragen. Immer wieder und wieder. Er wird nicht lockerlassen. Das ist nicht Klatsches Art. Wie lange werde ich ihn wohl hinhalten können? Wenn ich es die nächsten zehn Minuten schaffe, bin ich richtig gut.

Schläfst du, sagt er, weil ich nicht antworte.

Quatsch, sage ich, vielleicht sind die schon im Haus, ich hab gerade was gehört.

Das stimmt natürlich nicht, das habe ich eben erfunden, damit ich nicht auf Klatsches Frage antworten muss. Wir lauschen gemeinsam. Ganz offensichtlich ist niemand in der Villa.

Ich höre nichts, sagt Klatsche.

Seine Hände haben aufgehört zu streicheln. Sie liegen irgendwo unterhalb meiner Rippen.

Was ist jetzt, sagt er.

Ist doch jetzt egal, flüstere ich in sein Ohr, wir sollten sowieso besser den Mund halten.

Ich hab darüber nachgedacht, flüstert er zurück, darüber, wie komisch du hinter dem Goldregenstrauch warst, wie dir schlecht geworden ist, und über das, was du gesagt hast, hab ich auch nachgedacht. Das hat doch alles mit deinem Opa zu tun.

Du denkst zu viel nach, sage ich, das kann nicht gesund sein.

Der leichte Tonfall, den ich anschlagen wollte, misslingt, etwas in meiner Stimme lässt Klatsche aufhorchen.

Ich hab recht, oder?, sagt er.

Das Blöde an meiner Lage ist, dass ich nicht weg kann. Ich kann nicht wegrennen, unten stehen die Bauarbeiter, und Klatsche hält mich fest umschlungen, ich glaube nicht, dass er mich jetzt loslässt.

Das bildest du dir nur ein, sage ich, ich bin nicht komischer als andere Mädchen, das hat mit meinem Opa nichts zu tun. Der ist auch wie andere Opas, ganz normal, manchmal ist er blöd und manchmal ist er ganz nett …

Wir kommen jetzt rein!, schreit einer von draußen.

Unten scharrt die Haustür über den Holzboden, sie sehen in jedem Zimmer nach, stoßen die Türen auf und trampeln die Treppen hinauf.

Die sind auf dem Dachboden, Chef, schreit einer, die haben sich da oben verschanzt.

Jetzt stehen sie an der Stiege, ich würde gerne wissen, ob sich unsere Hintern durch die Matratze beulen. Klatsche meint, die beulen sich nicht, also seiner vielleicht schon, aber meiner bestimmt nicht, meiner ist dazu viel zu klein. Wir kichern ein bisschen, weil wir ziemlich nervös sind, und da hilft Kichern am besten.

Wie viele sind's denn, schreit der, den sie Chef nennen.

Ich stelle ihn mir klein und gedrungen vor, mit pockennarbigem Gesicht und schwarzem Anzug, der Einzige, der Anzug trägt, weil er der Boss ist und die anderen herumscheuchen darf, während er in seiner Limousine sitzt und sich von einem kleinen, mageren Jungen die Schuhe putzen lässt. Richtig fies stelle ich ihn mir vor, seine Stimme dringt unangenehm hell durch die Villa.

Wenn er uns in die Finger kriegt, hängt er uns an den Füßen auf, wie im Western, flüstere ich, der ist bestimmt gemein.
Klatsche nickt.
Vielleicht lässt er uns in den Grundmauern vom Supermarkt einmauern, bei lebendigem Leib, meint er, das ist nämlich das Schlimmste, was Klatsche sich vorstellen kann.
Wir spüren, wie jemand sich von unten gegen die Matratze stemmt.
Wetten, die hocken da zu zehnt drauf, sagt er, ich kann Kinder einfach nicht ausstehen.
Also hört mal, da oben, schreit der Chef, ihr kommt da jetzt raus, aber zackig, wir haben hier nicht ewig Zeit. Geht zum Spielen woandershin und lasst die großen Leute ihre Arbeit machen.
Ich löse mich von Klatsches Schulter und lege meinen Kopf in den Nacken, die Tauben trippeln auf den Balken herum, strecken ihre Flügel, es ist Zeit aufzustehen, gurren sie einander zu, es ist Zeit, davonzufliegen.
Es reicht jetzt, schreit der Chef, ich tippe jetzt die Nummer der Polizei in mein Handy. Habt ihr das verstanden? Wenn ihr jetzt nicht runterkommt, ist die Polizei in zehn Minuten da, dann können euch eure Eltern vom Revier abholen. Aber ihr wollt es ja nicht anders, gut so, soll mir recht sein.
Wir glauben zuerst nicht, dass er ernst macht, aber er macht ernst, er redet leise am Telefon, wir verstehen nur wenige Worte. Kinder, sagt er, Halbstarke und dass wir

uns auf dem Dachboden verbarrikadiert haben. Ich hab keine Angst vor der Polizei. Ich weiß, dass sie uns nicht erwischen, wir sind schließlich die Guten, und außerdem kennen wir die Villa wie unsere Westentasche. Langsam lasse ich mich von der Matratze gleiten, langsam, damit die unten nicht merken, dass Klatsche jetzt allein mit seinen fast siebzig Kilo auf der Matratze sitzt. Die Holzdielen knarren unter meinen Füßen, als ich über den Dachboden schleiche, hinüber zu den Löchern im Dach, von wo aus man den Weg sehen kann, den Weg von der Villa zur Siedlung. Über den Feldern liegt Morgennebel, Saatkrähen stürzen sich von den Schlehenhecken und tauchen in die Nebelschwaden, ich sehe ihnen zu, bis ich das Polizeiauto auf der Kuppe entdecke.

Sie kommen, flüstere ich.

Dann klettern wir in die Balken, den Weg, den wir schon tausendmal genommen haben, Lizzy und ich, um die Jungs an der Nase herumzuführen, oder nur so, zum Spaß, weil über Treppen zu laufen langweilig ist, etwas für Weicheier. Wir klettern über die Balken aufs Dach, balancieren am Dachfirst entlang, einen Fuß vor den anderen, leise, damit sie uns nicht sehen, wir haben unsere Schuhe ausgezogen, weil man barfuß besser auf den Dachschindeln Halt findet.

Ich spüre Klatsche hinter mir, das macht mich schwindelig, und ich muss höllisch aufpassen, dass ich nicht danebentrete. Ich spüre sein Lächeln im Nacken. Wie Gänsehaut.

Ein alter Walnussbaum stützt sich hier auf die Villa, wie

Eichhörnchen hängen wir in den Ästen, sie sind stark, sie halten sogar Klatsche aus, vom Walnussbaum aus ist es leicht hinunterzukommen, wir hören, wie die Männer durch die Villa trampeln. Vielleicht schieben sie gerade die Matratze zur Seite, jetzt, wo wir den Stamm hinunterrutschen und geduckt zum Zaun laufen. Wir laufen, bis wir die Villa nicht mehr sehen können, der feuchte Morgen klebt an unseren nackten Füßen, ich denke an meinen Vorhang, an die Feldmäusekissen und an die Nacht, die wir aneinandergeschmiegt in der Villa verbracht haben. Das macht mich traurig und froh zugleich.

Vor der Siedlung müssen wir uns trennen. Klatsche hält mich an den Händen fest.

Lass dich nicht unterkriegen, sagt er.

Ich schüttle den Kopf.

Die Guten gewinnen immer, sag ich.

Klatsche grinst, er beugt sich vor, wir sind gleich groß, sein Mund trifft etwas ungeschickt auf meinen, aber es fühlt sich trotzdem gut an. Weich und warm, wie ein flüchtiger Sonnenstrahl auf dem Gesicht. Diesmal stoße ich ihn nicht zurück. Ich warte, was passiert, ich warte, bis er seine Lippen von meinen löst, und darauf bin ich sehr stolz, dass ich den Kuss aushalte, ohne davonzulaufen, und ich glaube, Klatsche weiß, dass ich nur ihm zuliebe bleibe.

Er spürt es, weil er mich wirklich gern hat.

Langsam laufe ich nach Hause. Die Schuhe baumeln an den Schnürsenkeln um meinen Hals. Ich mag das

Gefühl von nackten Füßen auf der Straße, obwohl es noch kalt ist und die Straße feucht vom Morgentau. Ich habe keine Eile, heimzukommen. Ich war noch nie über Nacht weg, ohne Bescheid zu sagen, und ich habe deswegen ein ziemlich schlechtes Gewissen. Mama ist bestimmt halb durchgedreht vor Sorge. Sie meint sicher, ich bin entführt worden, und das tut mir jetzt leid, nicht so wie gestern Abend, wo mir noch alles egal war und ich dachte, ich müsste ihnen eins auswischen, sie genauso traurig machen, wie ich es bin. Jetzt weiß ich, dass mir ihre Traurigkeit auch nicht helfen würde. Vielleicht kann mir gar nichts helfen, was jemand anderer tut, vielleicht muss ich das selbst machen, und die Menschen um mich herum können mir dabei zusehen. Lizzy zum Beispiel und Klatsche. Die könnten hinter mir stehen, und ich wüsste immer, da ist jemand, ich bin nicht alleine, und wenn ich mich umdrehe und davonlaufen will, hält mich jemand.

Ich nehme wieder den Weg durch die Gärten, ich klettere über unseren Gartenzaun auf die Terrasse. Natürlich hab ich keinen Schlüssel dabei, und alle Rollläden sind unten, außer dem von Anne. Ich ziehe mich am Fensterbrett hoch.

Anne, flüstere ich durch den Spalt ihres gekippten Fensters, Anne, ich bin's!

Der Deckenberg, unter dem meine Schwester sich verkrochen hat, bewegt sich. Sie sieht unmöglich aus, ihre Haare stehen nach allen Seiten ab, aber ich mag sie so viel lieber. Jetzt sieht sie fast so aus wie früher; früher, als wir noch ein Team waren, uns in ihrem Bett gebalgt haben und sie viel stärker war als ich und mich doch immer gewinnen ließ. Sie tappt schlaftrunken zum Fenster, und das ist auch gut so, weil mir langsam die Kraft ausgeht, vom Am-Fensterbrett-Hängen.

Wo kommst du denn her, flüstert sie, als ich mich in ihr Zimmer fallen lasse, warst du bei dem Jungen?

Ich nicke. Anne grinst.

Dachte ich mir schon, sagt sie.

Was ist mit Mama?, frag ich.

Die hat um halb elf eine Schlaftablette genommen, weil sie die Sorgen wegen dir nicht ertragen konnte, und nach den Ferien kommst du endlich in ein Internat. Herzlichen Glückwunsch, sagt Anne, aber diesmal sagt sie es ziemlich nett, gar nicht so, als würde sie die Sache mit dem Internat ernst meinen.

Sie hüpft wieder ins Bett.

Kannst reinkommen, wenn du jetzt über den Gang läufst, erwischen sie dich garantiert, sagt sie, und ich schlüpfe zu ihr unter die Decke, trotz meiner dreckigen Füße, und Anne verliert keinen Ton darüber.

Erzähl von dem Jungen, sagt sie, und ich erzähle ein bisschen, nicht viel, denn das meiste ist mein Geheimnis, das will ich Anne nicht verraten; dann überlegen wir, was wir zu unseren Eltern sagen, und Anne hat die Idee, dass ich ja sagen könnte, ich hätte bei ihr im Zimmer geschlafen. Ab elf Uhr. Das finde ich außerordentlich nett von ihr und beschließe aus lauter Dankbarkeit, sie nie wieder *Schleiereule* zu nennen. Außer wenn sie mal richtig fies war.

Dann schläft Anne ein, und ich liege auf dem Rücken. Vielleicht wäre Anne ja auch jemand, der hinter mir stehen könnte, denke ich, aber so weit bin ich noch nicht, und deswegen denke ich schnell an Klatsche. Ich sehe sein Gesicht über mir an der Decke.

Lass dich nicht unterkriegen, Malvina, sagt er, lass dich bloß nicht unterkriegen.

Donnerstag

Bevor sie starb, wollte sie noch einmal mit mir reden. Alleine. Sie schickte alle anderen weg, hinaus auf den Gang, Mama, Papa, Anne und Paul. Opa natürlich auch. Der war ohnehin die meiste Zeit auf dem Gang oder auf der Toilette oder in der Kantine, weil er Oma nicht ansehen konnte, weil er nicht aushalten konnte, wie sie unter unseren Blicken verschwand, blasser wurde, als würde man Tag für Tag etwas Farbe aus ihrer Gestalt fortwischen. Sie war sehr schwach, in ihren Armen steckten Schläuche, sie wollte sterben, sobald sie aufhörte zu atmen. Deswegen hatte sie keine Maske über der Nase oder einen Schlauch im Mund. Meine Oma war immer schon sehr vernünftig und praktisch veranlagt. Sie hatte keine Angst vor dem Sterben, sie hatte mir erzählt, was passieren würde, danach, wenn sie nicht mehr in ihrem Körper war. Davor muss man keine Angst haben, hatte sie gesagt, und dass die Schmerzen dann aufhören und dass sie nicht mehr alleine sein musste, denn die Schmerzen waren das Schlimmste und die langen Nächte, die sie alleine in ihrem Bett wach lag und Zeit hatte nachzudenken.

Malvina, hatte sie gesagt, zwei Wochen bevor sie wieder

ins Krankenhaus kam, ein Mensch, der nicht alleine atmet, der soll auch nicht mehr leben. Verstehst du das?
Ich verstand, obwohl ich inständig hoffte, sie würde weiter alleine atmen, sich wieder erholen, nur noch einmal, so wie die anderen Male, als sie ins Krankenhaus musste, als sie ihr die linke Brust abnahmen und dann die rechte, sie mit Medikamenten vollpumpten und dann vernarbt und noch ein Stück kleiner nach Hause schickten.
Diesmal komme ich nicht mehr mit nach Hause, sagte sie, als ich mich im Schneidersitz am Fußende ihres Krankenhausbettes zu ihr gesetzt hatte. Sie mochte es, wenn ich so bei ihr saß, als würden wir zusammen in einem kleinen Ruderboot über einen silbrig funkelnden See treiben. Sie konnte den See genau erkennen, die glatte Wasseroberfläche, den feinen Sand am Grund und die Fische, die unter uns davonschossen und zwischen langen, fedrigen Wasserpflanzen verschwanden. Das alles konnte sie sehen, ohne die Augen zu schließen, so wie man Dinge sieht, wenn man noch ganz klein ist und die Wirklichkeit ein Topf voller Überraschungen und die Phantasie zum Greifen nahe. Mir machte das etwas Sorge, weil sie den See erst seit einigen Tagen mit offenen Augen sehen konnte. Davor war es anders, davor war es nur ein Spiel, und jetzt wusste ich, dass sie bald hinübergehen und alleine in das Ruderboot steigen würde, während ich hier saß und ihrer Stimme lauschte.
Diesmal musst du mich hierlassen, sagte sie.
Davon wollte ich natürlich nichts hören, und ich spürte, dass ich zu weinen anfing und nichts dagegen tun konnte,

die Tränen tropften einfach von meinen Augen und machten dunkle Flecken auf das weiße Bettlaken, und meine Sorge um Oma wurde noch größer, weil mir klar wurde, dass sie zwar den See genau sehen konnte, aber meine Tränen sah sie nicht, ihr Blick ging durch mich hindurch wie eine sehr scharfe Klinge.
Versprich mir etwas, sagte sie, versprich mir, dass du den Opa nicht im Stich lässt.
Ihre dürre Brust hob und senkte sich schnell, so sehr ermüdete sie das Sprechen, mit der Hand tastete sie über dem Laken nach mir. Ich wusste, was sie damit meinte.
Sie meinte damit, dass ich nicht reden sollte, dass niemand erfahren sollte, was wirklich passiert war, an den vielen Nachmittagen in Opas Wohnung.
Malvina, sagte sie, versprich es mir.
Ich wusste, sie würde nicht in Ruhe sterben können, wenn ich es nicht tat, und deswegen versprach ich es, und ihr Blick wurde weich, blieb bei mir, ohne zu der Wasserfläche zu wandern, die sich hinter meinem Rücken, bis zum Rande des Horizonts erstreckte.

Sie starb in der Nacht. Ich träumte, wir fuhren zusammen hinaus, ich ruderte gleichmäßig, als hätte ich nie etwas anderes getan, und Oma lehnte vorne am Bug und ließ ihre Finger durchs Wasser gleiten.
Weck mich auf, wenn wir drüben sind, sagte sie.

Lizzys Mutter sagt immer, man muss zusehen, dass die Geschichten in seinem eigenen Leben gut ausgehen. Dazu kann man viel beitragen. Man muss Entscheidungen treffen, sagt sie, man muss mutig genug sein, neue Dinge auszuprobieren, man darf sich nicht verkriechen, und man muss auch Rückschläge einstecken können. Vor allem sollte man nicht auf doofe Ratschläge hören, dabei grinst sie ihr schiefes Grinsen und meint damit, dass man immer das tun muss, was man selbst will.
Ich hab nicht vor, lange zu bleiben, mein Rad sperre ich nicht ab, ich lehne es gegen den Altglascontainer. Die Bitschek sitzt auf der Bank, aber ich habe keine Lust zu reden, ich tu so, als hätte ich sie nicht bemerkt, sogar Bratko übergehe ich, der sich seit Neustem mit mir anfreunden will. Er beeilt sich, hinter mir die Treppen hochzulaufen, und ich wundere mich, wie viel Lärm Katzenpfoten auf Stein machen können. *Tapp, tapp, tapp.* Bratko ist eben kein geschmeidiger Kater. Er versucht, mir den Weg zu Opas Wohnungstür abzuschneiden, und gerät genau zwischen meine Füße.
Dummer Kater, schimpfe ich, als er die Treppen empört fauchend wieder hinunterschießt.
Vor der Tür atme ich ein paar Mal tief durch. Ich habe lange überlegt, gestern, während meine Eltern mir die Standpauke gehalten haben, wegen der Nacht in der Villa. Sie haben natürlich nicht geglaubt, dass ich bei Anne im Bett war, und waren ziemlich sauer auf mich. Aber eigentlich war mir das alles egal, was sie mir über meine Erziehung erzählt haben. Ich hab über viel wichti-

gere Dinge nachgedacht. Über Opa und Oma und mich. Und darüber, dass Klatsche sowieso bald alles rauskriegt, wenn wir uns öfter treffen, und mein Bauch sagt mir, dass wir uns öfter sehen. Ich will Klatsche so oft wie möglich sehen, darüber hab ich auch nachgedacht. Was mir die Nacht mit Klatsche bedeutet und wie viel Angst mir das macht, dass es mir etwas bedeutet. Plötzlich hatte ich das Gefühl, ich hab etwas zu verlieren, es ist nicht mehr egal, was mit mir passiert. Es war, als hätte Klatsche die Seifenblase mit einer Nadel zerstochen. Die Seifenblase, das ist mir eingefallen, während Papas Mund sich unablässig bewegte, denn aus seinem Mund kam auch nichts als Seifenblasen, und meine Seifenblase löste sich in Luft auf, der Raum, in dem ich mich die letzten Jahre bewegt hatte. Und daran ist Klatsche schuld. Meine Gedanken sind herumgesprungen wie verrückt, von Opa zu Klatsche, dann zur Oma und zu Lizzy, und irgendwann hat mein Vater gesagt, die hört uns ja gar nicht zu. Er hat sich vor mich hingestellt, mit den Händen auf den Armlehnen meines Stuhles abgestützt, und wollte meinen Blick einfangen, er hat gedacht, er kann mich so einschüchtern, aber wer vor ein paar Stunden ein Haus besetzt hat, vor der Polizei davongelaufen und zum ersten Mal geküsst worden ist, der lässt sich so leicht nicht einschüchtern.
Nein, hab ich gesagt, ihr hört mir nicht zu.
Und da waren beide still, und Papa hat sich von mir weggedreht, und ich hatte das Gefühl, er weiß genau, wovon ich rede, mehr brauche ich gar nicht zu sagen, aber ich hab dann trotzdem noch was gesagt.

Damit ist jetzt Schluss, hab ich gesagt.
Denn jetzt hatte ich meine Gedanken sortiert. In meinem Kopf war plötzlich jede Menge Platz, als hätte ich ein Fenster aufgemacht und frische Luft hereinwehen lassen. Alles war klar. Was zu tun ist. Wie Lizzys Mama sagt: eine Entscheidung fällen und es dann einfach tun.

Einfach tun, denke ich.
Der Schlüssel steckt, ich muss ihn nur noch umdrehen. Ich stelle mir vor, in der Wohnung ist Opa und dann noch Omas Geist. Das macht die Sache nicht einfacher. Vielleicht ist Omas Geist das Schlimmste überhaupt. Damals, als sie gestorben ist, hab ich gespürt, dass sie fortgegangen ist, aber irgendwie war sie trotzdem immer bei mir. Wie Lizzy auf dem Dachboden gesagt hat. Aber sie hat nicht auf mich aufgepasst, als sie gelebt hat nicht, und dann, als sie tot war, auch nicht, sie hat mich verkauft, weil sie zu feige war, Opa die Stirn zu bieten, und dann hat sie mir das Versprechen abgenommen, und dieses Versprechen hab ich mit mir herumgeschleppt.
Das war nicht fair, Oma, denke ich.
Das alles war nicht fair.
Ich bin hier, um dieses Versprechen loszuwerden. Und Opa. Eine Weile stehe ich im Treppenhaus herum. Durch das gekippte Fenster weht laue Sommerluft herein. Es ist wie vorgestern bei der Villa, wenn ich hier rausgehe, werde ich nie wiederkommen. Nie wieder werde ich auch nur einen Fuß über diese Türschwelle setzen. Nur habe ich jetzt keine große Lust auf Verabschiedung, ich

brauche mir nichts einzuprägen, weil ich ohnehin nichts vergessen werde. Das Geräusch, wenn die Wohnungstür geöffnet wird, und auch nicht Opas Schritte auf dem Dielenboden, die Bilder im Flur, die Wollmäuse unter der Couch, der Geruch nach altem Käse. Das alles hat sich in mein Gedächtnis gebrannt, dazu muss ich nicht lange nachdenken.

Erst als ich höre, dass Frau Bitschek unten die Haustür öffnet, drehe ich den Schlüssel im Schloss, jetzt muss ich hineingehen, ich bin sogar froh, dass sie mich anschubst, sonst würde ich wahrscheinlich noch morgen früh hier stehen.

Opa, sage ich vorsichtig in das Dämmerlicht hinein, überall sind die Jalousien halb geschlossen, das ist ungewöhnlich. Normalerweise steht er früh auf. Im Bett sterben die Leute, sagt er immer. Vielleicht hat er Angst vorm Sterben, und deswegen liest er bis spät in die Nacht und steht dann früh auf, um möglichst wenig Zeit im Bett zu verbringen.

Vielleicht weiß er, dass das Spiel aus ist, denke ich.

Ich höre meine Schritte auf dem Teppichboden und das Ticken der Küchenuhr.

Vielleicht hat er sich auf und davon gemacht.

Ich stelle mir vor, wie Opa in einen Zug steigt. Er hat einen kleinen, braunen Koffer dabei und eine Sonnenbrille auf, mit großen, dunklen Gläsern, beim Einsteigen sieht er sich noch einmal um, prüft, ob er unbemerkt entkommen ist. Er könnte sich nach Guatemala absetzen oder nach Brasilien, irgendwohin, wo ihn niemand sucht. Das würde ihm ähnlich sehen, dass er sich jetzt davonmacht, jetzt, wo ich hier bin, jetzt, wo alles endlich vorbei ist.

Aber woher soll er das wissen. Ich ziehe den Rollladen im Flur nach oben, dann den in der Küche, in der Spüle steht schmutziges Geschirr, auch das Wohnzimmer ist abgedunkelt, das finde ich unheimlich, ich bleibe im Türrahmen stehen. Aus den Augenwinkeln erkenne ich, dass sich der Plattenteller dreht, obwohl die Platte längst abgelaufen ist, der Lautsprecher knistert, das war früher das Zeichen zum Aufstehen, das Zeichen, dass es vorbei war. Wenn der Lautsprecher knisterte, kam Oma ins Wohnzimmer zurück, sie brachte Tee und Kekse und tat so, als wäre sie eben mal um die Ecke beim Bäcker gewesen. Dabei hatte sie die ganze Zeit im Flur gestanden. Eine kleine Stärkung, sagte sie oft, und ihre Stimme war fröhlich, vielleicht eine Spur zu fröhlich, sie stellte den Tee und die Kekse auf dem Wohnzimmertisch ab und legte den Tonarm des Plattenspielers zurück auf die Gabel. Zu dritt mit dem Tee und den Keksen kam mir alles unwirklich vor, es verschwand mit dem Knistern der Lautsprecher, andere Geräusche übertönten das Geschehen, Opa war wieder der, den ich kannte, die Verwandlung ging schnell, so schnell, wie sein Pulsschlag langsamer, sein gerötetes Gesicht wieder blass wurde. Er ging ins Badezimmer. Manchmal blieb er dort, bis mich jemand abholen kam, es war, als würde er mich nicht ansehen können. Wenn er weg war, wussten wir nicht, was wir reden sollten, Oma und ich.

Opa, sage ich noch einmal in die knisternde Stille hinein.
Diesmal weiß ich, was ich sagen werde. Ich muss mir keine Entschuldigungen ausdenken, ich muss mir keine Gründe dafür einfallen lassen. Ich werde nur sagen, dass ich ab jetzt nicht mehr kommen werde und dass ich meinen Mund nicht mehr halte. Das werde ich auch sagen, dass ich darüber reden werde. Mit Lizzy, mit der Frau Bitschek, mit Anne und vielleicht mit Klatsche. Ich hoffe, er wird Angst vor mir bekommen, aber eigentlich glaube ich, dass er versuchen wird, mich einzuschüchtern. Sie werden dir nicht glauben, wird er sagen, und dass mich alle für verrückt halten. Lizzy wird mich nicht für verrückt halten und die Frau Bitschek auch nicht, werde ich sagen.
Die dumme Polin, höre ich Opas Stimme, die ist ja selber verrückt!
Ich weiß, man kann auch mit der Polizei darüber reden, aber ich weiß noch nicht, ob ich das will. Wenn Lizzy mitkommt vielleicht, wenn sie meine Hand hält. Ich hab diese Gespräche im Kopf durchgespielt, von Anfang bis Ende, jedes Wort, wie es angefangen hat, damals als Opa so betrunken nach Hause kam, und dann jeden Freitag nach der Klavierstunde im Badezimmer, dass er gesagt hat, wir tun es der Oma zuliebe, denn die Oma kann nur gesund werden, wenn es auch dem Opa gut geht. Vielleicht werden sie wissen wollen, was er getan hat. Ich hab darüber gelesen, welche Fragen sie stellen, und ich hab auch gelesen, dass man antworten muss. Da-

vor hab ich Angst, dass sie sagen, es war gar nicht so schlimm. Ich hab mir gedacht, ich schreib alles auf einen Zettel, alles, was er getan hat, denn schreiben ist leichter als reden.
Erstens, werde ich schreiben, *er hat mich geküsst, auf den Mund.*
Zweitens, er hat mich angefasst, an den Brüsten und auch weiter unten.
Das hört sich blöd an, aber besser kann ich darüber nicht schreiben.
Drittens, ich musste ihn auch anfassen.
Wenn ich den Zettel über den Schreibtisch schiebe, wird mir ganz schwindelig. Alles hab ich noch nicht aufgeschrieben, alles kann ich noch nicht erzählen. Ich hoffe, da sind nur Frauen, wenn ich den Zettel aus meiner Hosentasche hole.

Opa antwortet nicht.
Ich sehe seine Gestalt vor mir im Sessel, mit dem Rücken zum Fenster, er sitzt vornübergeneigt, sein Kopf liegt auf dem kleinen Lesetischchen, das er immer abends zum Lesen benutzt, weil es so bequem ist. Durch die Ritzen des Rollladens fallen Lichtstreifen auf seinen Körper. Zuerst denke ich, er schläft. Er ist über seinen Büchern eingenickt, weil er zu viel getrunken hat. Neben seinen verschränkten Armen stehen noch das halbvolle Weinglas und eine leere Flasche. Noch bevor ich näher komme, sehe ich die kleinen, ertrunkenen Fliegen im Glas schwimmen. Opa hasst Fliegen im Wein. Näher brauche

ich nicht zu gehen, um endgültig zu merken, dass hier etwas nicht stimmt.
Obwohl ich mich schrecklich dabei fühle, hoffe ich, er ist tot. Er könnte tot sein. Er sieht tot aus, zumindest nicht mehr richtig lebendig.
Bitte sei tot, flüstere ich.
Dann renne ich hinaus, spüre das Gruseln im Nacken, als könnte er jeden Moment aufstehen und mir seine Hand auf die Schulter legen.

Die Frau Bitschek findet mich im Flur, die Tür hinter mir ist angelehnt, Bratko sitzt auf meinem Schoß.
Er ist vielleicht tot, sage ich.
Die Bitschek schlägt die Hände über dem Kopf zusammen.
Oioioi, sagt sie, oioioi! Dass es so schnell wirkt, hätte nicht gedacht, dass es so schnell wirkt, diesmal …
Sie sieht auf ihre Hände und bekreuzigt sich.
Heilige Mutter, sagt sie, ist eine Last, wenn man Gabe hat …
Dann setzt sie sich neben mich auf die Treppe und legt den Arm um mich, sie fühlt sich warm und weich an, wie ein Federbett, in das man einsinkt.

Ich bin froh, dass die Bitschek alles in die Hand nimmt, sie schleppt mich in die Wohnung und zündet weiße Kerzen an, sie verbrennt Salbei im Hausflur und legt mir einen Rosenkranz um den Hals.
Wegen des Geists, sagt sie, man muss immer damit rech-

nen, dass er noch um einen herumschwirrt, auch wenn die Sache mit dem Salz gut wirkt.
Sie ruft auch den Arzt an und meine Eltern, aber reinlassen tut sie niemanden.
Nein, sagt sie resolut, als meine Mutter mit mir sprechen will, Vögelchen muss schlafen, habt schon genug Unheil angerichtet.
Dann schlägt sie die Tür wieder zu. Der Knall fährt durchs ganze Haus. Wir hören meine Eltern auf dem Gang herumwuseln, die Stimme meiner Mutter ist ganz aufgeregt.
Was haben wir angerichtet, was, sagt sie.
Ich glaube, mein Vater sagt gar nichts, jedenfalls höre ich nichts. Die Bitschek berichtet, was sie tun, sie steht am Fenster, das Baby auf dem Arm, während ich, in hundert Decken gehüllt, auf der Eckbank liege. Sie verbietet mir aufzustehen.
Liegen bleiben, sagt sie, wenn ich mich auch nur ein bisschen rühre, liegen bleiben und beten. Dabei macht sie ein finsteres Gesicht, und ich weiß, dass sie betet. Sie betet, dass mein Opa tot ist, und ich kann nicht beten, jetzt noch nicht, obwohl das vielleicht besser wäre.
Frau Bitschek, sag ich, Sie hatten recht.
Sie dreht sich nicht um, aber ich kann an ihren Schultern sehen, dass sie zusammenzuckt, von hinten sieht sie plötzlich alt aus, gebeugt, nicht wie vierzig, sondern uralt.
Alles, was Sie von meinem Opa denken, stimmt, sage ich, er hat den bösen Geist, genau wie Katjas Vater.

Ich ziehe mir die Wolldecken bis zur Nasenspitze, so klingt meine Stimme gedämpft, ich bin nicht mal sicher, ob sie mich versteht, aber das ist nicht wirklich wichtig. Sie weiß schließlich alles, auch vorher schon wusste sie Bescheid, und ich bin froh, dass sie sich nicht umdreht. Es ist viel einfacher, schlimme Dinge zu sagen, wenn einen niemand ansieht.

Ein Krankenwagen biegt mit Blaulicht in den Hinterhof, ich sehe das Licht über die Zimmerdecke wischen, und in meinem Kopf spulen sich Bilder in unendlicher Geschwindigkeit ab, so schnell, dass ich Angst bekomme. Das spürt die Bitschek, sie setzt das Baby auf den Boden und nimmt mich wieder in den Arm, wiegt mich hin und her, Vögelchen, sagt sie, und Katjuschka, und ihre Tränen machen mein Haar nass. Es wird ruhig, die Bilder fliegen davon, eines nach dem anderen, die Bitschek hält mich, bis ich keine Angst mehr habe. Müde bin ich, so müde wie noch nie in meinem Leben.

Schlaf, Vögelchen, sagt die Bitschek.

Freitag

Da wo die Villa gewesen ist, sind lauter Schutthaufen. Ganz oben sitzen Lizzy und ich. Sie hat mir einen Kuchen gebacken mit vierzehn Kerzen drauf. Der Kuchen ist ganz platt und sieht ungefähr so aus wie ein Weihnachtsplätzchen, weil Lizzy erst nachher eingefallen ist, dass sie das Backpulver vergessen hat. Sie und ihre Mama sind nämlich nachts um eins aus dem Skiurlaub zurückgekommen, extra wegen meines Geburtstags. Und nachts um eins kann man schon mal das Backpulver vergessen. Der Kuchen schmeckt trotzdem gut. Irgendwie verdächtig nach Weihnachtsplätzchen …, aber das sage ich nicht, aus Taktgefühl.

Der Wind zerzaust unser Haar und bläst die Kerzen aus.

Scheiße, sagt Lizzy, jetzt hast du dir nichts gewünscht.

Ich zucke mit den Schultern.

Das macht nichts, sage ich.

Dann sind wir beide still. Es gibt nicht mehr viel zu sagen. Vor uns liegen die Reste der Villa, die Felder und die Zeit, die wir Zukunft nennen.

Heute Morgen hat Lizzy mich von der Bitschek abgeholt, ganz früh, weil ich nicht daheim war, und das fand sie komisch, sie fand auch meine Eltern komisch. Die haben am Telefon rumgedruckst und wollten nicht sagen, was passiert ist. Sie wollten auch nicht sagen, wo ich bin. Nur, dass wir familiäre Probleme haben.
Na ja, hat mein Vater gesagt, der Opa ist im Krankenhaus.
Da hat Lizzy zu brüllen angefangen.
Verdammt nochmal, hat sie gebrüllt, was hat das mit Malvina zu tun!
Als dann immer noch Schweigen in der Leitung war, hat sie einfach weitergebrüllt, so lange und laut, dass ihre Mutter wach geworden ist, und die hat dann auch mit meinem Vater geredet und rausgekriegt, dass ich bei der Frau Bitschek bin.
Fünf Minuten später waren sie da, beide. Die Bitschek hat Mokka gekocht und polnischen Hefekuchen aufgeschnitten, und Bratko hat sich vom Fensterbrett aus in meinen Schoß fallen lassen. Das wäre sehr gemütlich gewesen, wäre nicht so schrecklich viel passiert, und ich hab mich wieder wie irgendwo gefühlt, nur nicht da, wo ich bin. Ewig sind wir so gesessen, und die Bitschek hat mich unter dem Tisch angestoßen, aber ich konnte nicht reden, ich hab vor mich auf meinen Teller gestarrt, bis Lizzy gesagt hat:
Mensch, Malvina, hat sie gesagt, jetzt sag endlich, was los ist, das hält man ja nicht aus.
Als ich zu erzählen anfing, war meine Stimme kalt, blau-

gefroren, und ich konnte mir selbst aus weiter Ferne zuhören. Die Bitschek hat meine Hand genommen, jedes Mal, wenn ich nicht mehr weiterreden konnte, hat sie meine klammen Finger gedrückt, das war so ähnlich, wie wenn man seinem Pferd vor dem Sprung die Sporen gibt. Jede Hürde hab ich genommen. Ich hab nichts ausgelassen, das war schwierig, weil ich spüren konnte, was meine Worte in Lizzy anrichteten. Aber ich musste reden, die Wahrheit sagen, meine Wahrheit, wie mein Leben wirklich aussah. Als ich fertig war, hat Lizzy geheult, und ich hab gesagt:
Das ist nicht so schlimm.
Als könnte ich sie damit trösten, obwohl mir irgendwo klar war, dass es schon schlimm ist.

Jetzt, auf dem Schutthaufen, sind wir beide ganz befangen, wir teilen den Kuchen schwesterlich, aber zwischen uns liegen hundert Kilometer Niemandsland, Jahre, in denen ich nicht geredet und versucht habe, mein Geheimnis wie einen dunklen Schatten zu verstecken. Wie sollen wir das jemals aufholen? Meine Kehle krampft sich zusammen, vor lauter Angst, Lizzy könnte gehen. Mich einfach hier sitzenlassen, weil ich ihr nicht gleich die Wahrheit gesagt habe.
Ich bin so wütend, sagt sie plötzlich, und mir fällt vor Schreck das letzte Stück Kuchen aus der Hand.
Ich bin so schrecklich wütend, sagt sie, und ich sehe, dass in ihren Augen schon wieder Tränen schwimmen. Dunkle, zornige Tränen.

Ich bringe keinen Ton heraus, ich kann sie nur ansehen und warten, darauf, dass sie mich sitzenlässt, weil ich so ein Feigling war. Andere wären vielleicht nicht so feige gewesen, denke ich, vielleicht wäre es aber auch vielen gegangen wie mir, viele hätten sich auch gedacht, das halte ich doch aus, noch einen Tag und noch einen, morgen rede ich oder übermorgen oder vielleicht irgendwann. Man denkt nicht daran, dass das Geheimnis jeden Tag wächst, jede Stunde macht es größer und unaussprechlicher.

Es tut mir so leid, flüstere ich.

Unter Lizzys Turnschuhen bröckeln kleine Steinchen weg und kullern den Hügel hinunter.

Du Dumme, sagt Lizzy heftig, doch nicht auf dich!

Sie springt auf und bringt dadurch ganze Teile des Hügels ins Rutschen, dann kniet sie sich vor mich, hält sich an meinen Beinen fest.

Auf mich! Ich bin so schrecklich wütend auf mich, sagt sie, dass ich nichts gemerkt hab! So lange!

Ich spüre, wie ich den Kopf schüttle, alles andere spüre ich nicht mehr, nur den Gedanken: Lizzy mag mich noch, Lizzy ist nicht sauer.

Ich hatte solche Angst, sage ich, deswegen hab ich dir nichts erzählt.

Bevor Lizzy samt dem Hügel davonrutscht, ziehe ich sie hoch, sie landet unsanft auf ihrem Hintern, und wir umarmen uns wieder. Ich weiß nicht, wie oft wir uns noch umarmen müssen, stundenlang vielleicht, jeden Tag, bis alles wieder gut ist.

Ich hätte es doch merken müssen, schluchzt Lizzy in meine Halsbeuge, du bist doch meine beste Freundin.
Dazu sage ich nichts, ich habe ihr keine Gelegenheit gegeben, mein Geheimnis aufzuspüren. Ich hab alles so gut verschlüsselt, dass ich selbst am Ende vor lauter Rätseln stand. Dafür kann Lizzy nichts, gar nichts.
Mir fallen so viele Dinge ein, die ich erst jetzt verstehe, sagt sie, wenn du so komisch warst, immer wenn ich nicht mitwollte zu deinen Großeltern. Du hast mich gebeten mitzukommen, einmal, als ich gar keine Lust hatte. Versprich mir, dass du bei der Neumann auf mich wartest, hast du gesagt, und ich war genervt. Ich hab mir gedacht, jetzt spinnt sie wieder. Ich wollte lieber zum Baden oder sonst wohin. Ich hab einfach nichts kapiert.
Lizzy, hör auf, sage ich, das ist doch alles Quatsch.
Jetzt würde ich sie am liebsten schütteln. Das tue ich natürlich nicht, dafür drücken wir uns, bis uns fast die Luft wegbleibt.
Das ist kein Quatsch, sagt Lizzy, das alles hätte viel früher vorbei sein können. Und jetzt liegt dein Opa im Krankenhaus, und wir können gar nichts tun. Er kann noch nicht mal ins Gefängnis kommen, solange er da liegt.
Für Lizzy sind solche Ungerechtigkeiten sehr schwer zu ertragen. Bei mir ist das anders. Ich bin froh, dass er nicht mehr da ist; wo er ist, ist mir gleich. Vielleicht will ich irgendwann mal, dass er bestraft wird. Aber jetzt? Jetzt bin ich glücklich, wenn mit Lizzy alles gut wird, ich Opa nicht mehr sehen muss und ich langsam vergessen kann. Wirklich vergessen, nicht wie damals alle Geschichten in

meinem Herzen vergraben. Wie das gehen soll, weiß ich nicht. Das macht mir auch Sorgen. Ob ich jemals normal sein werde. Ob ich jemals Klatsche küssen kann, ohne an Opa zu denken und ohne die Schatten in meinem Kopf wieder lebendig werden zu lassen.

Was sollen wir denn jetzt tun?, fragt Lizzy.

Wir gehen feiern, eine Cola trinken und dann ins Kino, sage ich fest.

Ich hab nämlich heute Geburtstag, gleich zweimal. Einmal, weil der erste Mai ist, und einmal, weil ich endlich geredet habe. Am besten gehen wir gleich, ich ziehe sie hoch, energisch, damit sie nicht auf die Idee kommt zu widersprechen. Gemeinsam stolpern wir den Schutthaufen hinunter.

Ich muss dir noch was sagen, sag ich, als wir unten sind.

Und das muss ich ganz schnell tun, denn gerade jetzt kommt Klatsche den Weg heruntergeradelt. Er winkt schon von weitem. Mit beiden Armen, damit wir sehen können, wie gut er freihändig fahren kann.

O nein, stöhnt Lizzy, der Typ schon wieder.

Lizzy, sage ich und nehm meinen ganzen Mut zusammen, ich bin verliebt.

Sie sieht mich entsetzt mit großen Augen an, dann zu Klatsche, der in einer Staubwolke vor uns stehen bleibt.

Doch nicht in den, zischt sie mir zu.

Tut mir leid, flüstere ich, ist so passiert.

Das passiert nicht einfach so!, flüstert sie zurück.

Klatsche grinst. Genauso hab ich mir dieses Zusammentreffen vorgestellt. Lizzy und Klatsche. Mannomann!

Hi Lizzy, sagt er, ich bin Malvinas Freund.

Lizzy verschränkt die Arme vor der Brust und wirft den Kopf in den Nacken.

Schaut mich nicht so an, sagt sie, ich bin schließlich groß, mir macht das nichts aus, dass meine beste Freundin mit diesem Trottel geht!

Dann stiehlt sich ein Lächeln auf ihr Gesicht.

Du kannst mitkommen, wenn du willst, sagt sie gönnerhaft zu Klatsche, aber benimm dich.

Gemeinsam schieben wir unsere Räder durch das zerwühlte Gras. Lizzy hat das Kuchenblech auf ihren Gepäckträger geklemmt.

Hab ich was verpasst?, sagt Klatsche mit Blick auf das Blech.

Und ob, sagen Lizzy und ich gleichzeitig und sehen uns fest in die Augen. Zwischen uns kann nichts kommen, heißt das, nichts und niemand.

Ich heiße Malvina, und ich bin vierzehn Jahre alt. Ich bin Malvina, die Hüterin des Rechts, die mutige Malvina, die sich traut zu springen, immer, auch wenn man den Boden nicht sehen kann. Ich bin gesprungen, und unten waren Lizzy, Klatsche, die Frau Bitschek, Lizzys Mama und sogar Anne. Andere haben sich davongemacht. Paul zum Beispiel und meine Eltern, die haben sich geschämt für das, was passiert ist. Ich weiß, dass ich mich nicht schämen muss. Lizzy und Klatsche haben mir gezeigt, wie das geht. Jeden Tag wieder. Sie haben mich keine Sekunde alleine gelassen.
Manche Geschichten haben kein Happy End. Kein großes, wie im Film. Dafür gibt es dazwischen kleine Dinge, viele kleine Dinge, die gut ausgehen. Meinen Opa werde ich nie wieder besuchen müssen, noch ist er zu krank dazu, aber wenn er gesund wird, schafft Lizzy ihn eigenhändig ins Gefängnis. Das hat sie mir auf dem Schutthaufen der Villa geschworen.
Ich heiße Malvina, und ich habe gelernt zu schreien.

Ich kann laut schreien. Manchmal laufe ich hinaus, dorthin, wo die Villa stand. Ich klettere auf das Dach des Supermarkts, es ist flach, kein Platz für Tauben, im Sommer ist es heiß dort, weil die Sonne sich in der schwarzen Dachpappe spiegelt, und im Winter treibt einem der Wind den Schnee ins Gesicht. Ganz vorne stelle ich mich hin und breite die Arme aus.
Dann schrei ich, so laut, dass alle davonlaufen.
Nachher frag ich Klatsche.
Na, wie war ich?, frag ich.
Er grinst und hält mich im Arm. Ganz fest.